李建华

著

此路曾经

海南出版社

·海口·

图书在版编目（CIP）数据

此路曾经 / 李建华著 . —— 海口：海南出版社，
2023.7

ISBN 978-7-5730-1205-0

Ⅰ . ①此… Ⅱ . ①李… Ⅲ . ①中国文学 – 当代文学 –
作品综合集 Ⅳ . ① I217.2

中国国家版本馆 CIP 数据核字 (2023) 第 110990 号

此路曾经

CILU CENG JING

作　　者：李建华
出 品 人：王景霞
责任编辑：闫　妮
执行编辑：姜雪莹
封面设计：马天玲
责任印制：杨　程
印刷装订：北京兰星球彩色印刷有限公司
读者服务：唐雪飞
出版发行：海南出版社
总社地址：海口市金盘开发区建设三横路 2 号
邮　　编：570216
北京地址：北京市朝阳区黄厂路 3 号院 7 号楼 101 室
电　　话：0898-66812392　010-87336670
电子邮箱：hnbook@263.net
经　　销：全国新华书店
版　　次：2023 年 7 月第 1 版
印　　次：2023 年 7 月第 1 次印刷
开　　本：880 mm × 1 230 mm　　1/32
印　　张：7.75
字　　数：150 千字
书　　号：ISBN 978-7-5730-1205-0
定　　价：68.00 元

序 一

每个人都有自己的曾经，正是每个人独一无二的"曾经"让他和其他人区别开来。

我相信，李建华教授的"曾经"也是不可复制的。

李建华教授的散文集《此路曾经》即将付梓，"逼"我写序，并且在微信里开启了倒计时模式，每隔十天温馨提醒我一次，直到最近的一次，他发来微信："序，只有十天时间了。"

然而，就在我准备动笔的时候，却遇到了一个有些尴尬的难题：我该怎么称呼他呢？

这个问题的言外之意有些复杂，头脑简单的我一时有些理不清。我认识李建华教授已经很多年了，但真正的交往仅限于几次热热闹闹的聚会，而我对他的称呼曾经是以职务为圆心的：李院长、李校长……后来他干净利落地卸掉了一身的职务，再见时我就称他为"李老师"——因为无论是论学术水平，还是论在学术圈里的地位，他都当之无愧是我的师长辈。而且，自从他成为单纯的"李老师"后，我们的交往才真正多了一点。

所以落笔的时候我突然犹豫了，难道在序言里惯常地称呼"李老师"？这似乎是不合适的。于是我把问题直接抛回给他："我在序言里应该称呼你'李建华教授''建华教授'还是'建华兄'？"

他秒回："第一个吧，规范，哈哈哈哈哈。"

这个回答让我有点小小的意外，我原本预料的是他会选择后两者中的一个。

好在，既然已经有了明确的选择，复杂的问题就变得简单多了。

好在，走进李建华教授的"曾经"并不是一件复杂的事。因为，他的文字就在那里，很坦诚，不矫情，没有一点遮掩。"曾经"里的"李建华"，和酒桌旁的"李老师"，以及高头讲章里的"李教授"似乎并不是同一个人：高头讲章里的李教授是思想深刻、逻辑严密、语言犀利的伦理学领域一流学者，会让你在醍醐灌顶、掩卷沉思之余想象这是一位眼神深邃、五官棱角分明、生活习惯刻板如同中年以后的康德的哲学家。酒桌旁的"李老师"却是柔和的，总是带着一副似笑非笑但你一定会以为那就是微笑的表情，很容易拉近你和他之间的距离。此时的他往往口吐狂言，不着边际地各种调侃，不知道是原创还是"顺手牵羊"的段子一个接一个，逗得一桌人狂笑不止，而他依然还是似笑非笑的模样，仿佛李白附体般自称千杯不倒，最后却总是喝得晃晃悠悠的被送回家去……

反差如此之大的"李教授"和"李老师"，让我更加好奇，在《此路曾经》里的他，会是哪般模样？

电子版书稿发到了我的微信上。我读《此路曾经》时，或者是在候机厅里，或者是在高铁上——那段时间我出差出奇的频繁，《此路曾经》里的李建华教授也就随着我来来回回的旅程絮叨了一程又一程。他有时候埋怨这个冬天欠他一场雪，有时候悄悄发誓"一旦有了钱，一定要天天吃猪脚炖油饺"，有时候又在最具交流意味的、热闹的中国式饭局里冷静地保持着旁观者的姿态……当然，承载着他最深情追忆的还是父母："只要父母在，无论是否苟且，父母就是世界上最美的诗，家就是世界上最好的远方。"

我得承认，李建华教授的"曾经"是有些打动我的。例如他写小时候喝父亲煮的茶："我们一边烤火，一边听母亲讲她的'显赫'家族史。父亲总是一声不响地用火钳整理着火盆里的柴火，有时把炭灰铺开，用火钳在上面练习写字，就是不吭声。水烧开后，父亲在'把罐'中放上母亲自制的茶叶，为每人倒上一点，然后继续煮第二罐茶，直到把柴火烧尽。"这样的文字没有一点修饰，可是我仿佛就和"我们"一起坐在火盆边，那罐烧开的茶里也咕噜着我的一份，热气腾腾地氤氲着日子里的寻常。母亲的絮叨，父亲的茶，记忆清晰得让人心疼。

我喜欢李建华教授笔下的夏花："如果你有一朵牵牛花，

一定会将它带进书房，放入翻了一半的书卷里，在定格的字里行间，留下那份相惜相眷的守候与安恬，珠帘下轻嗅所有的香，都是故人的味道。"四季中我酷爱夏天，我同样酷爱泰戈尔笔下的夏花，但李建华教授笔下的夏花多了一些悠然与从容的气质。他似乎已然参透了生命的秘密——有些生命的存在，不需要春天的狂热，也不为秋实的功利，存在本身就值得最高的尊重。

"你可能面对蔷薇，双手合十，许下一场水墨相逢，又用千古诗意，为她点燃枫桥渔火"，这到底是格物的哲思，还是动情的诗心？

李建华教授其实老大不小了，但他的文字还是很"文艺青年"。他说"我们这一代人多多少少都有些文学情结，一因文化饥饿，二是'伤痕'使然，三为青春表现"。我相信，如果不是先成了一个哲学家，那么他是极有可能成为一个作家的。正如他所说，"文学让我们保持着对人性的关切、对生活的激情，还有一份义气与血性，还有那越来越小的酒量……"

当然，有了《此路曾经》，李建华教授依然算不上是一个作家。他在散文的格局里踱着哲思的步，这让他的文字在浪漫的摇曳下又带着些许冷峻与清寂。毕竟，这是独属于他的"曾经"，是独属于他的"此路"。他日他时，谁与共说，那是需要缘分的。

此刻，你只需翻开《此路曾经》，李建华教授的"此路"

固然独一无二，不能复制，但是，在他的"曾经"里，或许你也会邂逅你的夏花，或冬阳。

杨　雨

中南大学教授、博士生导师，著名中国古代文学研究专家

中央电视台《百家讲坛》主讲嘉宾

序　二

　　李建华要出版自己的第一本文学集，嘱我写一篇序言。以我与他相识于微时、四十三年的交情来说，我自是当仁不让。

　　李建华常说自己曾经是一个文学青年，这显然是自谦了。他当年岂止是文学青年，简直是文艺青年。因为当年所谓的文学青年，门槛并不高，只要爱看小说、爱谈诗，便有了足够的资格——反正，文学青年的帽子是不限量的，谁都可以拿来戴。而在我看来，实属文艺青年的李建华显然不一样，他不仅爱看小说、爱谈诗，还写诗，不仅写诗，还会吹拉弹唱。他的笛子吹得很好！好到什么程度呢？拿我一个会吹笛子的中学同学来做比较吧。我的那个中学同学拜的老师就不简单，是县里唯一一个毕业于音乐学院管弦乐专业的本科生，我的那个中学同学非常勤奋，笛子不离口，每天早晨吹、晚上吹，吹了一天又一天，一月又一月，一年又一年，吹得嘴唇皮儿起茧子，吹得全街上的人都知道那个伢儿真的吹得好，今后一定是一个好吹鼓手，只要红白喜事不断，他就不愁没有饭吃。在我对笛声很挑剔的耳朵听来，李建华的笛子吹得即便不比我的那个中学同学好，起码也是一样好。李建华拉二胡跟吹笛子一样好，他中气很足的男高音比吹笛子更好，不仅音域宽广，还像没到恋爱年龄的男孩子一样干净纯粹，没有杂念。如果当时他也能像李健一样在学校里组个乐队什么的，估计中国内地流行乐坛最受欢迎的男歌手不是李健，而是李建华。此一遗憾，怪只怪当时我们学校没有几个人有李建华那样的"文艺细胞"与手艺。支持我这个假设的还有一个底层逻辑，就是李建华是学哲学的，而李健是学电子工程的。我不是想搞专业歧视，我只是想说，如果人的肉身离不开碳水化合物，那么，人的灵魂一旦被哲学武装，他就是去唱歌，也能把人唱得五迷三道、灵魂出窍。

我和李建华同学四年，最志同道合的是一起做过几年文学梦，而共同的遗憾是这个梦一直没有走上轨道。不像我们班另外一个同学黄新华：当年他以黄辙之名横行诗坛，让人难以相信他竟然是哲学专业的学生。诗不是形象思维吗？哲学不是抽象思维吗？形象思维与抽象思维混到一块儿，不是"混账东西"就是真正的王牌，可谓革命的现实主义与革命的浪漫主义的完美结合。我的诗人梦想直到毕业二十多年以后才终于得以"实现"——在《青瓷》小说里，我插进了一首自己的诗，而李建华应该是在正规刊物发表过诗作的，但老实说，影响甚微。我猜想这应该让他很不甘心，以致成了他的一个心结。

整整四年，我们居然没有货真价实、真刀真枪地谈过一次恋爱。准确地说，我们两个又算是我们班"貌似"有女朋友的人。什么叫貌似？拿我来说，我那时的初恋究竟算不算初恋，直到她早几年离开人世时，我都还没想明白（以哲学之名，祝愿她在天之灵安息）。那是一种异地相思，平时只有书信往来，假期真见面时既没有拉手也没有接吻的两性关系。简单地说，我的初恋是柏拉图式的。我猜想李建华与他那直到大学毕业好几年后才修成正果，并始终不离不弃的"老婆大人"，当时应该也是这种状态。现在想来，当年真的不是傻，就是纯。讲到他现在的老婆，也就是他当时的女朋友，我忍不住要披露一下我与他们两人之间的一个"谈钱伤感情"的故事。那时我们大学已毕业，刚分配到单位，我去李建华工作的湘潭矿业学院看他。晚上我和他们俩一起去操场看露天电影。我说去买冰棍儿吃吧，边说边做起身状。其实我是觉得这大热天的，我大老远跑到你学校里来，你该请我吃冰棍儿，以尽地主之谊。李建华当时的女朋友、现在的老婆倒是动了一下，一副要抢着去买单的样子，但她的手很快就被李建华按住了。李建华就这样给我留下了"小气吧唧"的印象。这个印象一直在我心里持续了三十多年，直到我第二次创业。那时我把自己折腾得吃不好、睡不着，死去活来，生不如死。几十号员工"嗷嗷待哺"，而我早已把家里仅有的两套房子抵押出去了。走投无路之际，我鼓起勇气向李建华求援，他竟二话没说便给我转了款。没有经历过创业失败的人，不会知道找人借钱只比登天容易一点点，他却不问我几时还钱，甚至不问我还能不能还钱，如此干脆地把钱借给了我。那一刻，我脆弱而敏感的心被深深地感动了，同学关系立即升级为兄弟关系，情同手足的那种。也是直到这时我才幡然醒悟：当初，人家哪里是舍不得两根冰棍儿钱哟，分明是一刻也舍不得松开玉人之红酥手啊！

"古来圣贤皆寂寞，惟有饮者留其名。"李建华大学时不怎么喝酒，酒胆像初恋时的状态一样畏首畏尾。等我二十多年前从海南回来，与他的交往多起来以后，才知道他喝酒已是海量。据他自己说，因为醉酒，长沙市所有的医院他都去过，包括脑科医院和精神病医院。他从一个酒场"小白"，到朋友圈里小有名气的"饮者"，这里面应该有很多鲜为人知的故事——关于生活之艰辛，工作之拼命，也许还有借酒排遣情感的迷茫？如果说小说的价值是艺术的"撒谎"，那么散文的价值则是真性情的流露。读者自可从这本《此路曾经》中窥视一二。

说到段子，他一直坚称我欠他的稿费。据他说，我《青瓷》里所有非原创的段子都是他提供的。当年我修改《青瓷》，一遇到卡壳的地方，便打电话向他索要段子。真烦人，他说的是事实。李建华在他研究的伦理学领域可是响当当的人物，而且是湖南第一个获得"长江学者"称号的社会科学工作者。具有这样学术素养的人，不管是段子搬运工，还是段子原创者，都是一流的。他的学术方向是伦理学。何为伦理？人伦道理之理，是人与人相处的各种道德准则。而我的《青瓷》，爱之者，誉其为"中国式关系"教科书；恶之者，贬其为教男人变坏的"毒草"。有幸读李建华这本《此路曾经》的人，和不幸读过

《青瓷》的人，若不论毁誉，自可发现其中藏匿着某种哲学底色之关联。而哲学底色，正是《此路曾经》与其他流行的散文文本最大的不同，足以激发读者的共情与思考。

"他时谁共说，此路我曾经。"回头一看，关于李建华的这本书我还没怎么"吹"，只是拉拉杂杂地写了与他的二三事。如果说"文如其人"这个说法成立，"文学是日常生活的沉淀与升华"这个说法也成立，那么，一个忠实于自己、看重兄弟情义的性情中人，不是为了赚取稿费，不是为了赢得名声，而是为了历数岁月，回望自我，留下对万物、时序、人伦、亲情等的记忆，这样的文字，应该最接近于文学的本真意义！

浮石

著名作家、企业家，多所大学的兼职教授

目录

悠记远忆

格物空灵

呻思吟想

悠记远忆

万物生灵，唯人有记忆，而记忆的灵魂是反思。没有记忆的人生，是白纸；没有反思的记忆，是废纸。反思让人生苦乐的记忆变得悠远。

一个年级两代人

"七九级"是恢复高考后的第三批大学生。相比七七级和七八级，这一批大学生有一个特别之处，就是年龄悬殊，甚至可以说是两代人。从七九级开始，应届生数量增多，且年龄小，而那些"死也不甘心"的"老家伙"（含部分"老三届"）为了考上大学也在拼搏，兄弟姐妹、夫妻甚至父子同场竞考，年龄最大的与年龄最小的就像是两代人，也就不奇怪了。同班、同级读书的两代人出身各异，既有工农商学兵，也有"知青"；既有大队支书和社员，也有干部、教师和临时工。"以前你是干什么的"，这是我们见面时一定会问的问题，因为了解一个人的"底细"很重要。

记得开学报到那天，大家挑着行李往寝室走，班主任沿途引路，帮扶大家上楼，前面一位清瘦的大高个儿挑着一担特大挑箱，后面跟着一位"小朋友"，班主任见状就问"小朋友"："你家长送你过来的？""小朋友"回答说："不是。"后来才知道，这一大一小都是我们班的同学，小的16岁，大的30多岁。当时，全校最小的学生只有15岁，最大的已37岁。我属于"不大不小"那种，既可因"年幼"而大胆无知，也可因"老气"而大耍"横秋"，在"幼稚"与"成熟"之间尽显"自在"。有资料显示，1979年高考报考人数为468.5万，录取28.4万人，录取率为6.1%，而应届生不到50%，多数是复读生，我们班的情况也是如此，班上基本上还是"叔叔"们、"大哥哥"们、"大姐姐"们当家。

一个年级两代人，表面上是一种年龄现象，实则映衬出一段特殊的历史：我们那代人实实在在经历了大学招生中断十多年，硬生生等了十几年。如果说中国人最大的优点是有韧劲，那么这股韧劲首先表现在求学的道路上。记得当年年龄比我还大的一位复读生，复读了五六年最终也没有考上，但虽败犹荣。我们拼搏过，努力过，没有遗憾，对得起自己。这些大龄青年从"文革"中走过来，当时的他们无论成家与否，只有一个梦想：考上大学。他们每人都有一段属于自己的故事。如今这些故事已经成为我们对后辈开展"忆苦思甜"教育的材料，也成了他们的人生教材。

曾有人问我，两代人在一起学习、生活，有代沟吗？当时没有"代沟"的概念，对这个问题的思考也就不存在；现在想起来，应该基本没有。如果按照美国学者罗纳德·英格尔哈特的说法，一个人的价值观反映的基本上是其未成年阶段的生活条件，并且价值观的转变主要是通过代际的人口更替来实现的，也就是说，一般情况下一个社会的价值观 20 年左右更替一次，那么，我们这"两代人"之间注定是有代沟的，但确实没有。那时，我们对一个问题的看法，似乎只有"保守"与"激进"之分，除了年龄大的稍显稳重，我们在价值取向上没有很大的差别，如对市场经济、对实现现代化、对社会腐败、对教育、对人性、对爱情等问题的认识基本一致。这两代人为什么没有代沟？我想，这与两代人有着共同的生存境遇和受过同样的教育有关。正是共同的价值观教育和共同的价值使命，使我们不但没有代沟，而且可以取长补短、相得益彰，生活得像一代人。

我非常认同一种说法，说我们"新三届"是一个多质体和多元体，特别是我们"七九级"，上接"老三届"的传统，又沐浴在改革开放的春风中考上大学，这本身就代表了一个时代的结束和另一个时代的开始，两个时代的思想观念和行为方式在我们身上实现了和谐共生。我们能背诵"老三篇"和"新三篇"，也能背诵普希金的诗；我们知道如何为家分忧，也知道如何娇惯孩子；我们懂得以适当的方式关心人和尊敬人，也熟悉用"划清界限"那一套方式整人；我们会跳"忠字舞"，也开始学习跳"快三慢四"……两代人的共同文化特征，决定了我们没有特征，我们能包容、能吃苦，思想的容量和行为的能量已经足够让自己"自豪"。在文化转型中成长的我们也形成了"双重性格"：一方面，我们谨小慎微，想做的不敢做，惧人言、怕失败；另一方面，我们又爱面子、讲义气。总体而言，思前想后的性格导致七九级整体性的相对"平庸"（如得罪何方大咖，请谅解），所以，我们成了"做什么"和"不做什么"，成功和不成功，都能让人理解的一代，这也印证了我所说的某种"平庸"。

应该说，我们这"两代人"还是幸福的。虽然我们经历了"文革"，但更有幸目睹并参与了改革开放。这两种截然不同的人生经历成为我们成就事业的宝贵财富。我们赶上了"以经济建设为中心"的大好时光，"小日子"都过得不错。我们虽然是两代人，但幸福感是相通的，并且能彼此"快乐着你的快乐，幸福着你的幸福"。因年龄差异，我们有的已经退休，有的临近退休，有的还要工作。但我们一定会履行自己的诺言，无论是苦难的"幸福人"，还是幸福的"苦难人"，一切已成过往。当40年、50年、60年后再聚首时，我们更没有了两代人的任何痕迹，都是乐观、开朗、健康的老头儿、老太太，都是中国高等教育史上最特别、最富弹性的一届学生。

我们是包分配的

1979 年考上湘潭大学后，乡亲们问得最多的是"包分配吗？""不是社来社去吧？"当我说"我们是包分配的"时，从众多羡慕的眼神里可以看出几分疑惑，因为大家心里认为，凭关系被推荐的"工农兵"大学生都是要回来的（事实上大部分工农兵大学生没有回来，都给安排了工作）。一位貌似有些文化的长者也说："我们生产队没有这样的人才吧，没有人能考上成为大学生。"可见"包分配"在百姓心中是多么重要和神圣。

其实，"包分配"的效应在那个时代也是双重的：一方面消除了"找工作"的后顾之忧，可以安心读书，但也可能"混文凭"了事，认为根本无须刻苦读书；另一方面可以提供"型号""颜色"一致的"铁饭碗"，不用考虑"专业对口"，但也限制了个性的自由发展，造成了专业教育的浪费。

由于是包分配，我对毕业分配没怎么上心。记得自己在大三时开始有了专业感，会有选择性地看一些哲学原著，并且选定了伦理学作为专攻方向，毕业论文选择以"论道德责任"为题，还准备报考北京大学周辅成先生的研究生。所以，我在大四第一学期全力以赴备考，平生第一次没有回家过春节。我当时在学校的一个老乡家里复习，大年三十的春晚也没敢看。直到研究生没有被录取，我才想起毕业分配的事，心想只要有个单位就行，反正以后是要再考研的，也就没有找任何人。当时，几乎所有同学都定好了单位，就剩下一个煤炭部的指标，班主任问我去不去，我毫不犹豫地答应了，心想：分配到煤炭部，就可以去北京工作了，多好。直到看到分配函上写着的是"湘潭矿业学院"（现为湖南科技大学），我才知道我去的单位是煤炭部主管的学校，离湘潭大学不远——我还是在湘潭工作。我的心里当时凉了半截，但也没办法，是要服从分配的，由此也决定了自己的教书匠人生。

老师说，我是全班分配相对较差的。回去告诉家里，父母多少有些不快，他们希望我进党政机关，当个治国安邦的"哲学王"之类，但我的兴趣已经在学术方面了。好在父母开明，说"当大学老师也好"，并且逢人就说"我儿子是大学老师"。1985年，我考上中国人民大学研究生，离开了工作的学校，直到那时我也没有详细跟乡亲说起过这个学校的情况。

记得本科毕业离开湘潭大学去工作的学校时，我是乘学校的货车到的湘潭火车站。到车站时已经是下午六点多，已没有从市里到湘潭矿业学院的公交车了，我只好挑着行李一边问路，一边往学校走。但当地人都不知道湘潭矿业学院，只知有个"煤院"，我估摸这个"煤院"就是我将要工作的地方。

那一年，"煤院"从全国各地招来了四十多个青年教师。不到两三年，这批人大都考上了研究生，有的走了，有的毕业后又回到"煤院"，不管走还是留，我们这些人现在都已成为各自单位的顶梁柱。回想起来，我很感激在"煤院"的这两年，不但过了教学关，学会了搞科研的方法，还锻炼了口才，更懂得了面对不太理想的环境，如何自强自立，如何化劣势为优势，如何化郁闷为娱乐。要说娱乐，那时真的是奢望。因为学校刚建不久，离市区又远，各方面的条件都差，经济条件好的老师周末会去市里唱个歌、跳个舞。我们这些经济条件不好的老师，唯一的娱乐就是每周一场的露天电影。我住的地方楼下是一个工棚，工棚里有一台黑白电视机，我就是和建筑工人们挤在一起看完的《射雕英雄传》。记得那时，我们常常因为单位缺少文娱生活找领导提意见，甚至跑到校领导办公室抗议。后来，我们就自己办交谊舞会，唱流行歌曲，还有年轻老师故意穿大喇叭裤、戴墨镜。有一次看到党委书记路过我们楼下，我就故意用录音机放邓丽君的"靡靡之音"，还把录音机扛到肩上在走廊上走动，生怕他听不到，想故意气他、"腐蚀"他。没有想到，后来他跟办公室的人说，邓丽君的歌真好听。

包分配最大的不利就是专业浪费和限制个性发展。就专业浪费而言，我们班只有一半左右的同学从事哲学教学工作，在这不到一半的人中，后来还有人改行，现在只有不到三分之一了。不过，大家在一起交流时，都觉得学哲学不后悔，哲学素养对从事任何工作都有帮助，其思维与境界都会高出一筹。有学者说，如果参照美国标准，我国最少还要建 200 个哲学系，这是有道理的。那么我们对现有哲学专业人才的使用还存在巨大浪费就不应该了。

随着高等教育从精英教育向大众化教育的转向，"包分配"也就成了历史，随之而来的是以市场为导向的自主择业，这无疑对提高全民高等教育素质、有效使用人才具有重要意义。但现在的就业制度设计存在"'进口'是计划、'出口'是市场"的尴尬，把就业率的"紧箍咒"套在了大学头上。一方面，特别是一些办学经费紧张的大学，不顾办学条件和师资的限制，拼命想增加招生指标；另一方面，由于人才培养质量上不去，毕业生没人要，就业率上不来。为了过就业率的考核关，各大学只有绞尽脑汁"想办法"，最终每个大学都是 90% 以上的就业率。既然就业率这么高，来年就可以再增加招生人数，恶性循环就是这么造成的，以至于大学生就业问题成为重大社会问题之一。既然有招生数控制的"计划"（进口）形式，在明明知道就业形势不好的情况下，为什么不缩减招生数，这不是故意制造问题吗？我们的"计划数"是否有科学的市场预测依据，"拍脑袋"的招生数与残酷的就业岗位需要，形成一个巨大的就业率"黑锅"，教育主管部门和大学不得不将其背到自己身上，越背越重，越背越重……

　　我不知道，曾经的"包分配"是否值得庆幸，也不知道现在的计划与市场分割的情况还能持续多久，更不知道大学是否真有能力背起大学生就业的锅，按需定量、进出等量、提质减量，这才是常道与正道，如此而已。

会读书与会养猪

一方水土养一方人。一说起我老家益阳，熟悉的人知道那里有两个好传统：会读书和会养猪。1979 年，考上湘潭大学的益阳桃江考生只有 8 个，并且都来自农村。这数字现在看起来不多，可在当时算是比例很高了。

益阳人会读书是有文化基因的。益阳有文字可考的历史是从秦朝开始的，至今已有 2000 余年了。相传战国时期，楚国三闾大夫屈原栖身于桃江凤凰山，在此作《天问》。这部四言诗在文学史上被称为奇文。书中有 170 多个诘问，体现了屈原对天地万物的探索精神，蕴含了他博大精深的思想。桃江现在还有天问台，益阳人骨子里也一直就有一种"屈子风范"。

清代道光年间的陶澍，进士出身，道光帝亲赐"印心石屋"御笔。陶澍官至太子太保、两江总督，且作为清王朝汉臣为官之最，对后来的胡林翼、左宗棠、曾国藩、李鸿章有重大影响。

现代文化名人"三周一叶"，亦出自益阳：历史学家周谷城是史学界的泰斗；文学家周立波，曾两度获斯大林文学奖，被誉为现代文学里程碑式的人物；文艺理论家周扬，曾任中宣部副部长、文化部副部长；文学家叶紫的革命文学在20世纪初有很大影响。

益阳人会读书的传统也得益于重教育的书院文化。益阳的书院文化起始于明清，兴盛于今。益阳龙洲书院位于资江南岸的龟山，始建于明嘉靖年间，规模宏大，1906年改为益阳学堂，1912年改为县立高等小学堂，学生有近千人，为现代文明之启蒙学校，现为益阳市第二中学。益阳箴言书院由胡林翼创办，1912年改为县立高等第二学堂，秉承儒家"修身齐家治国平天下"的教诲，以天下为己任。学校现改名为箴言中学，每年高考成绩位居全市前茅。

书院文化造就了一大批名士。如胡林翼，道光十六年进士，湖北巡抚。他力荐左宗棠、李鸿章等人，给中国近代史留下浓墨重彩的一笔。又如国际正义人士何凤山，他在德国慕尼黑大学获博士学位，成为湖南省最早的留洋博士。他从事外交生涯长达40年，在第二次世界大战中拯救犹太人的事迹在国际上广为称颂，被称为"中国的辛德勒"。以色列政府授予何凤山"国际正义人士"称号，并在他的证书上用希伯来语写了这样一句话："你拯救了一个人，就拯救了一个世界"。最近，益阳籍慈善家卢德之先生出资建"何凤山纪念馆"，承续学脉，张扬文风，更显名士风范。

益阳的现当代教育发达，培养了大批优秀人才，特别是"盛产"院士和教育界名流。其中，院士有黄伯云、夏家辉、周绪红、宋宝安、潘自强、龙驭球、文伏波、陈庆云、艾国祥、谭蔚泓、谢胜泉（外籍院士）、刘伯操（外籍院士）等。在湖南省高校领导中，益阳籍的占了很大比重。

传统归传统，他者归他者。其实，益阳人会读书的传统扎根在民间，其直接原因是"生活所迫"，即在交通闭塞、工商业不发达之地，要想跳出"农门"，有点"出息"，过上好日子，只有读书。每个家庭都会不惜一切地送孩子读书，形成了一种风气。

我的母亲有养猪的本领，每年的日常开销全靠猪出栏，后来全用来供我们读书。记得分田到户不到两三年，农村经济就开始好转，农民温饱问题得以解决，生活需求也随之提高。看着村里家家买自行车、缝纫机、手表"三大件"，母亲也想要置办。父亲总是宽慰她，不要羡慕别人的这些东西，我们家的钱要送孩子读书才值得，孩子能考上大学比什么都强。父亲去世后，母亲依然省吃俭用供弟弟读书，直到大学毕业。

养猪为何会成为益阳的一个传统？益阳位于长江中下游平原的洞庭湖南岸，地处湖南省北部，属于湘北地区，居雪峰山及其余脉的东端，是洞庭湖平原与雪峰山脉交会处的典型丘陵地带，四季分明，但又雨水充足，适宜农作物生长，是水稻之乡。但在工业化的初始期和中期，益阳一直处于落后阶段。以农业为主的经济为当地畜牧业的发展提供了条件，特别是养猪，成了这一带家家户户的主要经济来源，由此形成了养猪的传统。

我上大学时，助学金（二等）不够花，母亲要靠养猪来补贴我。母亲每年养两头猪。由于猪圈小又不牢固，猪经常冲破围栏，跑到别人家菜地里，母亲难免会遭人责骂，为此没少流眼泪。

每到"杀年猪"的时候，母亲总要尽可能少留点肉，少吃点，多换点钱让我带上。每次从母亲手上接过钱，我的心都会痛——那是母亲的汗水与泪水。我因此养成了从不开口找人要钱的习惯，总是规划着用、节约着用，当钱超出本身意义的时候，剩下的就是劳动、情谊、恩德与代价。我们这一代人大学毕业后的第一想法就是挣钱回报父母、回报家人，尽管父母不需要我们的回报，但我认为是否有这个想法，决定了一个人是否善良。我无法理解，现在有的大学生如何能够花父母的钱花得如此大手大脚、如此心安理得、如此不心疼。

当然，随着时代的变迁，老家的这两个传统也在逐渐地消失。一是因为优质教育资源在往发达地区集中，有钱、有门路的家长会把自己的孩子送到省里的名校。二是因为农民的主要收入来源发生了变化，转向打工或做生意，农村孩子读书已经不再依靠养猪了。读书与养猪已经"绝缘"。如今，我也不清楚会读书与会养猪之间是否存在某种"原生态"关系，不过，它留给我的记忆以及由这种记忆固化的思想与观念，一定还是原生态的。

放假回去当农民

每年放假，特别是暑假，我们这些从农村考出来的学生总是第一时间回家，同父母一起干农活、忙家务，没有社会实践，没有"夏令营"，更没有旅游，只有一个心愿：帮父母干点活。

1978 年，国家实行家庭联产承包责任制，安徽省凤阳县小岗村 18 个农民签下"生死状"，将村内土地分开承包，开创了家庭联产承包责任制的先河。当年，小岗村粮食大丰收。作为中国改革开放的一个重要开始，家庭联产承包责任制的主要形式有二：一种是包干到户，各承包户向国家缴纳农业税，交售合同订购产品以及向集体上交公积金、公益金等公共提留，其余产品全部归农民自己所有；另一种是包产到户，定产量、定投资、定工分，超产归自己，减产赔偿。绝大部分地区采用的是包干到户的形式。

我的老家益阳桃江大概是在 1980 年开始实行家庭联产承包责任制的。所谓家庭联产承包责任制实际上是农民以家庭为单位，向集体经济组织（主要是村、组）承包土地的农业生产责任制形式。在农业生产中，农户作为一个相对独立的经济实体承包经营集体的土地，按照合同规定自主地进行生产和经营。其经营收入除按合同规定上缴一小部分给集体及缴纳国家税金外，其余全部归于农户。根据当时的农业人口数量，我家大概分得四亩多水田。父亲身体不太好，他和姐姐又都在茶厂上班，弟弟当时还小，所有农活几乎都落到母亲一个人身上。

英国经济学家威廉·配第曾经说过："劳动是财富之父，土地是财富之母。"土地是人类赖以生存的最基本的资源，对于农民来说，土地是他们的命根子。实行家庭联产承包责任制后，大大地提高了农民种田的积极性，解放了农业生产力，每个家庭都不想落后。对于好强的母亲来说，更是如此。所以只要一放假，我总是立刻赶回家，帮母亲干农活，这种习惯一直延续到父亲去世后母亲不再种田。所以，我尽管跳出了"农门"，干农活的技能却没有丢，农民的本色没有变。经常有人谈起"人的本色"，本色其实就是你出生时的家庭出身（第一角色），农民、工人、知识分子……农民后来成了知识分子，其本色还是农民，知识分子只是"延伸角色"，人的本色是很难改变的。

我的农活技能是从小练就的。在我的记忆里，我十来岁就开始干农活，割禾和插秧是我的强项，几乎与成年男劳力没有什么差别。上大学前，除了"用牛"，其他农活我样样都会。特别是插秧，我们队里有四大高手，父亲是其中之一。不过，我是另有"高人"指点过的。这个"高人"是生产队的一个能人，也是我小时候的偶像。他只读了三年书，但吹拉弹唱、琴棋书画，什么都会。他干农活也是一把好手，特别是插秧：他可以在任何形状的田间，不用打格子，自行排开插秧，插完后，纵、横、斜都是成排成行的，非常漂亮，并且速度很快，如果不扯秧只插，每天八分田（那时是插"三六寸"）一点问题都没有。"名师出高徒"，我的插秧速度也快，甚至还可以此手艺挣钱。在家庭联产承包责任制前的集体劳动中，"双抢"结束后，我会到相邻的大队、生产队去插秧，五块钱一亩，我和姐姐联手，一天插一亩田很轻松。如果机会好，可以插五六亩，这样不但可以解决学费问题，还可用多余的钱买件衣服。

那个年代交通十分不便，回趟家很不容易。每次从家里回校，我都要提前一天住到县城，第二天从县城乘汽车到韶山，再乘火车到湘潭。好在同班同寝室的黄辙离县城不远，我就在前一天住在他家。这可苦了他全家，他母亲总是凌晨两点起床为我们做饭，而且最少是九个菜（我们老家以九个菜待客为最客气），做好后在灶门口边睡边等我们起床，因为我们必须早上六点出发才能赶上七点半的汽车。当时没有公交车，我们只能步行到汽车站，他父亲要帮我们挑着行李，把我们送到汽车站，然后再步行回来。整整四年，年年如此。二老的恩情，我永远铭记在心，愿二老健康长寿！

给家里多干活，是我们这一代人的情怀。那时家里出一个大学生不容易，是全家人的希望，同时也是全家人做出许多牺牲的结果。我姐姐学习成绩非常好，如果当时认真复习一下，也能考上一所大学。她为了给我提供机会，放弃了考大学，因为家里需要有人"挣工分"，才能养活这个家。我们这一代人总是带着亏欠、带着感恩去学习工作，很少有不努力、不刻苦的。当然，这种感恩的心态、生活的十字架、过重的责任感，也决定了我们是四平八稳的一代，缺少冒险意识，不敢有任何闪失，生怕对不起家里人，怕辜负了父母，只能是平庸中的杰出和杰出中的平庸。

每年回家干农活，除了能保持农民本色，还能让我们深切感受社会底层人民的痛苦，能了解民生的真实状况，是真正的社会实践。那时，农村虽然实行了家庭联产承包责任制，农民基本解决了吃饭的问题，但农村在基础设施建设、医疗卫生、基础教育等方面基本上趋于零。当中国的城市化进程加快推进的时候，农村就变得十分荒凉。每次放假回校，围绕农村的问题与出路，大家总要交流一两晚，甚至发生争执，这是真正的忧国忧民。我们寝室有一位同学商业意识很强，他是从初中自学考上大学的，做过木匠、油漆匠，特别聪明。他认为农业没有出路，只能靠发展商业贸易提高经济发展水平。他那个时候就开始做天麻生意，经商挣钱是他的人生目标。尽管他后来又读了日本史的研究生，但最终还是做了企业家。我们总能在社会的底层获得生存、生活的各种信息，然后再进行专业（哲学）思考，形成的也是"平民哲学"。这种平民思维后来也被带到了工作中。善于同情弱者、帮助弱者，乐于为弱者代言、伸张正义，构成了我们这一代人的品格。这也是我终生以伦理学为业的缘由之一。

现在的农村大学生放假不用回去种田了，但他们也在渐渐地失去农民"本色"，甚至失去该有的责任感与感恩之心，把父母的牺牲与他人的帮助看成理所当然，由此，诸多美德也就在自然而然中淡化了。他们也许胸怀天下，同时也是心游四方却难以有所归依；他们也许正在炫耀着诗和远方，但他们可怜的父母还在苟且中煎熬。本色做人，出色做事，是人生的第一准则。只要父母在，无论是否苟且，父母就是世界上最美的诗，家就是世界上最好的远方。

我们的文学情结

我们这一代人多多少少都有些文学情结，一因文化饥饿，二是"伤痕"使然，三为青春表现。

我从小就喜欢文学，有过当作家的梦想。语文老师经常把我的作文当范文在班上朗读。这种肯定与激励，更加刺激了我的自信心，我在作文上更加勤奋——老师布置一篇作文后，有时我会加写一篇诗或随笔。但无论我如何努力，都很难成气候，因为文学创作最需要的"原料"就是阅读。

那时，对于农村学校而言，别说课外读物了，就连课本都难以配齐，这就是我们这代人接受基础教育的现状，我们生长在文化荒芜的时代。

我们大队当时有一户"知识"人家，父亲在省城美术印刷厂工作，兄弟姐妹中也有人在城里，家里经常有些报纸杂志。我喜欢去这家玩，一是因为跟家里的满崽（最小的儿子）

是好友，二是因为那家的女主人和善，从不嫌弃我不讲卫生。在他家时间多了，我自然受了他们读书看报的影响，学了一些东西，接触到一些时事。我的好友是我们大队1977年恢复高考后第一个考上本科的人，我觉得这肯定跟他的"知识家底"有关。我一直以他为榜样，努力读书，终于成了我们大队第二个考上大学本科的人。

我那时找课外读物、接触文学作品的另一个途径就是知青点。我们大队因为万亩荒山变茶园，成了全国"农业学大寨"的典型，也就成了县里的知青点。这些知青有的读了高中，有的也只有初中文化，但多多少少都有一些小说之类的文学书籍。他们路子广，还能搞到一些"手抄本"。我能读到《野火春风斗古城》《红岩》《三国演义》《雪莱诗选》《普希金诗选》《蒋光慈诗选》等书籍，都要感谢他们，特别是普希金的诗，我手抄了一本，还模仿着写了好几十篇作品，汇集成《心声》，只可惜现在找不到了，再也听不到自己当时的心声了。不管历史怎么评价"知识青年上山下乡"运动，我确实尝到了"文化下乡"和"知识扶贫"的甜头。

我带着"普希金情结"上大学时，正值国家全面进行拨乱反正，那时流行的是"伤痕文学"。后来我才认识到，每当一场历史性的社会变动（或灾难）结束之后，首先觉醒的就是文学，由文学带动哲学甚至整个思想文化的大反思、大启蒙、大讨论、大解放，文艺复兴时期如此，法国大革命时期如此，中国的改革开放、思想解放运动时期也是如此。同时，我还发现，有过生活磨难的人比生活舒适的人更喜欢文学，因为文学就是"人学"，最能切入人的心性，最能解剖人的命运，最能把脉人心的走向。

"伤痕文学"是20世纪70年代末到80年代初在中国文学界占据主导地位的一种文学现象，得名于卢新华以"文革"中知青生活为题材的短篇小说《伤痕》。当时的大学生，可以不读专业书，但几乎没有人没读过刘心武的《班主任》、陆文夫的《献身》、从维熙的《大墙下的红玉兰》、周克芹的《许茂和他的女儿们》、戴厚英的《人啊，人》《诗人之死》等作品。

这种对文学的"独钟"，一是因为这些作品写的就是我们这一代的人和事，从中可以看到自己的"伤痕"，容易引起共鸣。我们这一代人多多少少经历过生活的苦难、受到过社会的不公、感受过人情的冷酷，天然具有文学的某种基因。二是因为那时喜欢文学是大学生的一种时尚，这些小说若你都没有看过，不懂"朦胧诗"，不能背《致橡树》，就会显得"老土"，没有可交流的话题。那时放假，无论是文科生还是理科生，都会借一些小说回家看，很少有带专业书的。

我们寝室住了两个七七级历史系的学长，其中一位就是文学青年。也许是受他影响，同寝室的人从图书馆借来的第一本书，都是文学作品。特别有意思的是，其中一位同学，大学四年除了上课（有时还逃课），几乎是在床上看了四年外国文学书，听说毕业后去中学当了语文老师。

奇怪的是，现在的大学生对文学感兴趣的不多了，进行文学创作的更是少数，大学的文学社团越来越少，这是当代大学生的一种"精神缺陷"，也是"素质缺陷"。有的学生写东西错别字连篇、索然寡味，说话无文采、无激情，有的学生学位论文的"后记"都是全篇抄他人的，没有真情实感。唉！真是辜负了美好的青春！

老实说，大学头两年我没有认真学专业，而是在"玩文学"。我们班有几个文学爱好者，如著名作家、《青瓷》作者浮石（笔名，同时也是画家、企业家），20世纪80年代著名青年诗人黄辙（笔名，现为著名企业家），就是在那时开始成长的。我们几个人加上刘忠（现居海南，房地产商）最初办了一个诗刊，叫《地平线》。黄辙任主编，我们协助，自己组稿，自己编辑，自己刻钢板、油印、装订，自己发行，没有人赞助，资金完全是从自己的生活费里挤出来的，或者朋友帮忙搞来一点纸张。办了几期后，《湘潭日报》《雨湖》《星星》《萌芽》等报刊居然转发了其中的作品，这给我们带来了继续办刊的信心。同时也跟其他高校的诗社建立了交流关系，如益阳师专的"蒹葭"诗社（其骨干成员莫铁军是我的中学同学，后来也成为一名诗人）。大家知道，当时的刻印非常辛苦，我们中只有黄辙的字写得漂亮又稳健，所以刻钢板的事他一个人全包了。为了减少工作量，我们决定改成打印，同时决定改刊名，更名为《旷野》，同时扩大稿源，增加容量。

《旷野》的出刊是艰难的，一是打印，二是稿源。我们没有打印机，只好回县城找在机关工作的朋友帮忙，总算解决了这个问题。稿源则依靠中文系的朋友。湘籍著名诗人陈惠芳就支持过我们不少稿件。同时加强同社会上的诗社的联系，当时的株洲团市委就活跃着一群热爱诗歌的文学青年，当年已经小有名气的青年诗人刘波（后下海经商，任海南诚成企业集团董事长兼总裁，2017 年 11 月 14 日在日本去世）就经常来我们寝室交流并提供诗作。当时，这个刊物凝聚了一批诗歌爱好者，也产生了一些诗人，主编黄辙在大学期间就有多篇长诗在《诗刊》上发表，成为当时乡村诗派的重要代表人物，几乎与北岛、舒婷等齐名，一般大学中文系的学生都难以做到。

办了几期《旷野》之后，我发现自己对文学仅仅是爱好，并无天赋，写不出好的作品，于是决定考研，开始认真复习专业课程，不久诗社就停办了。大学毕业后，我和黄辙去了高校，浮石留校当了干部，刘忠去了国企。若干年后，他们三位都去海南淘金了，我还坚守在大学讲台上讲哲学。到最后，只有浮石坚持小说创作，成了著名作家——总算有人实现了文学梦，还是倍感欣慰。

尽管办诗社耗费了不少精力和时间，而且我最终也没有走上文学之路，但还是值得的。我从不认为文学创作是一种专业或职业，许多作品，特别是名作的问世是一种机缘，是个人命运和社会命运的交织。文学作品不是刻意写出来的，需要个人的独特经历，需要社会的特殊土壤。

很庆幸，在我的人生经历中有这样一段文学情结，几个文学青年也成了一生一世的朋友，每次相聚谈的依然是文学。文学让我们保持着对人性的关切、对生活的激情，还有一份义气与血性，还有那越来越小的酒量……

专业、职业与事业

我选择哲学专业，纯属偶然，后来以此为职业也是我没有想到的，更没有想过要作为终身事业来打拼。

第一次接触哲学是在准备高考时的政治复习中。我们没有系统学习过政治课，高考前，不知学校从哪里找来一些政治方面的油印复习资料发给大家。老师照本宣科地讲着那些自己都不理解的"世界观""时间""空间""规律"等概念，学生也只是死记硬背。虽然不理解，但我还是觉得哲学有点意思——谁都说不清道不明的东西，反而有吸引力。哲学的这种"神秘感"，也许为我后来选择哲学专业奠定了心理基础。

高中时我的人生理想是当作家，最终选择哲学专业是听从父亲的主意。我父亲是一个苦命人，8岁成为孤儿，靠给地主放牛为生，受尽欺凌。中华人民共和国成立后，父亲读了三年小学，当了大队副支书，听过一些政治报告，学过毛主席五篇哲学著作。他希望我报考哲学专业，我便听从了父亲的意见，四个志愿填的都是哲学专业。但令父亲失望的是，我最终并没有走上"官路"。

自从我选择了哲学专业，特别是喜欢上伦理学，至今已经近 40 年。我从本科一直到博士，没有改过专业，也没有后悔过，相反，我特别感激父亲的见识和智慧。不得不说，是伦理学成就了我。现在的父母，都要孩子上"热门专业"、就业好的专业，如果考上的专业不好，还要千方百计转专业。每年高考结束，就有不少朋友来咨询现在读什么专业好。我总是告诉他们，如果是文科考生就读文史哲，如果是理科考生就读数理化。当然，大部分家长不会听我的，因为他们并不知道，没有永远"热"的专业，没有永远就业好的专业。我庆幸自己没有在以就业为导向的时代上大学，如果是现在，也许我也去学法律、经济、管理之类的专业了。

其实，大学学什么专业与自己将来从事的职业甚至自己的人生并没有必然的联系。资料显示，大学所学专业与从事的职业完全吻合的不到 50%，特别是文科生，比例更低。我们班 36 位同学，从事哲学研究与教学的不到一半，大多去了政府机关，也有下海经商的，还有的成了作家。每次同学相聚交流，我们都深感学哲学的好处：哲学的这种"无用之用"才是"大用"，都说如果再选择专业，还是选择哲学。只可惜，现在的一些大学看不到这一点，甚至取消哲学学科，这是整个现代大学教育的悲哀。哲学本质上不是专业，而是一种反思的精神、批判的精神，是一种超越经验的思维方式，是一种通达处世、豁达待人的生活态度。如果说，大学的使命是"立德树人"，如果没有哲学教育，何以立德？能成何人？

能把专业做成事业的机遇和条件就更少了。专业是知识体系的专门化，职业是社会职能的分工和社会责任的分担，事业是人生目标的恒常化、生命化和审美化。此所谓"事业有常""美在其中，而畅于四支，发于事业，美之至也"。从事哲学工作，可以恒常，也可以与生命同体，可以达到审美境界，但很难说成功，因为哲学指涉的是一种未知、一种未来、一种无限、一种可能。在此意义上说，从事哲学研究的人很难说有事业，只能说是有事可做，不能说拿了一个哲学博士学位、获得了哲学教授职称就是事业成功，更不能说有了哲学一级博士点，有了哲学国家重点学科、研究平台之类，就是哲学事业的发达。搞哲学的人终生注定不能说自己"事业有成"，那么你还会学哲学吗？我会，很多人也会，这就是哲学，这就是哲学的魅力，这就是哲学的生命力。

我心中的重点大学

1979年，我以文科358分的成绩考上了全国重点大学——湘潭大学。那时没有"985""211""双一流"这么多名堂，本科院校只有重点与非重点之分。

父亲从公社拿到录取通知书后，见人就说，"我崽考上全国重点大学了，并且是学哲学"，那幸福的笑容，我至今难忘。

老实说，我的第一志愿是中山大学哲学系，可能是分数不及，退而求其次，被录到了第二志愿。当别人问我为什么湘潭大学是重点大学时，我也说不上理由，只知道重点大学目录中有它，并且有哲学专业，离家又近，回家方便，就填了。因为那时的考生与大学之间基本上是"陌生对接"，没有招生宣传，也没有什么"名校参观""夏令营"之类。

入校后我才知道，湘潭大学在1958年就创办了，是毛主席亲自倡办的综合性全国重点大学。同年 9 月 10 日，毛主席还亲笔题写了"湘潭大学"这一校名，并亲切嘱托"一定要把湘潭大学办好"。1974 年，邓小平、李先念等中央领导同志批准湘潭大学复校。1978 年，湘潭大学被国务院确定为全国 16 所文理工综合性重点大学之一——这也难怪当时许多人不知道湘潭大学是重点大学，因为确定才一年。当第一个寒假回家时，我很自豪地告诉家乡的父老乡亲，我的学校是毛主席亲自创办的，他们就说：那你肯定是毛主席革命事业的接班人。

我的母校当时之所以不太有名，除了办学时间不长，与办学条件艰苦也有关——当时处于一边建设一边办学的阶段。当我挑着两个大"书笼"，坐几小时的长途汽车转火车，再坐迎新车，满怀喜悦来到学校时，心里凉了半截：这哪里是大学！一眼望去，几栋孤零零的建筑坐落在黄土山坡上，路边的小树还没有人高，更没有"聚贤亭""爱情湖"之类。报到那天，正好下雨，道路没有铺水泥，全是黄泥巴水。我怕弄脏了脚上的鞋，就光着脚，挑着"书笼"，走进了学生宿舍西二栋，一待就是四年。后来跟母校的一位领导聊起此事，他风趣地说，那是要让你们脚踏实（湿）地。还真是，母校一直以这种脚踏实地的校风影响着我们。

那时的学生生活条件也比不上现在。每个学生宿舍有 12 个床位，住 10 个人，卫生间在宿舍走廊的两头。空调更是奢谈了。男生洗澡基本上是靠热水瓶兑水洗的。印象特别深刻的是，我们寝室的一个男生，一瓶热水喝了三天，还洗了一个澡。

我们问他，够吗？他说，足够了。虽为笑话，但也从中可见，当时我们的生活是多么的"不讲究"。学校没有什么娱乐场所，更没有配套的商业服务，只有一个很小的水泥篮球场，每周末有一场露天电影。到大三时，学生会不知从哪儿弄来一台黑白投影电视，《加里森敢死队》就是我在那时看的。学校离市区较远，只有一趟6路公交车，交通十分不便。所以到周末，我基本上不出门，只能看书。现在想来，要感谢母校当时的这种读书环境，没有任何外界诱惑和干扰，我才可安心读书。现在大学学风不如以前，也与诱惑太多、干扰太多不无关系。

我们那时也有助学金。我家境较其他同学相对好点，评了二等助学金，每月12元生活费、32斤粮票。七九级年龄差距大，我们班年龄最小的才16岁，有几个同学正处于身体发育期，饭量特别大。我寝室的一个小兄弟，二两的馒头每顿可以吃六个以上，每月中下旬饭票就没有了。大家周转救济，硬是把一个刚上大学时不到一米六的孩子"堆"到了一米八几。我们也会想些办法改善生活。有一个周末，我们到学校周边的农田抓来一桶泥鳅，在洗漱间和厕所之间的空地架了一口大铁锅，找来一些烂扫把烧开水，到老师家借了油盐，把泥鳅煮了。大家吃得很香，也算是"加餐"吧。

尽管湘潭大学建在郊区，我们还是充分体会到了大学生活中的那些"激动"。特别是1981年11月16日，中国女排以3∶2的成绩战胜日本队，首次夺冠，全校沸腾。我们敲打铁桶、脸盆，点燃扫把，庆祝了几个小时才消停。不管条件如何，不管地处何方，只要有大学生在，就有热情，就有激情，就有爱国爱民的担当，这就是热血青春的魅力，这就是大学生活的魅力。

那时，我并不知道区分大学好坏的标准是什么。上大学是我第一次走出县城，所以也就心安理得，甚至还有一种幸福感，因为生平第一次住了楼房——那种高高在上、任微风吹拂的感觉真好。等到我们上完一个学期的课，才知道"大学非大楼之谓也"的真实含义，从此，母校重点大学的地位永置吾心。

当时，湘潭大学作为全国重点大学是名副其实的：一是它的综合性强，文、理、工学科门类齐全，没有多少大学可以比肩。二是大师云集，汇集了羊春秋、姜书阁、汪澍白、沧南等学界大师。复校时，国务院号召全国支持湘潭大学建设，清华大学、北京大学等90所名校向学校输送了600多名教师。三是1981年学校就成为全国首批硕士学位授予单位。

如今，在大学工作生活了40年的我，对什么是好大学多少有了一些感知。回想起来，当时的湘潭大学确实办得好，作为学生感触最深的有两点：一是课程设置精简。每周只有四天课，那时没有双休日，等于每周有三天无课，每天不超过四节，有大量时间让学生自己学习。我的学术底子完全得益于在湘大时的课外阅读。我问过一位分管教学工作的校领导，为什么现在学生有那么多课。他说，不上课学生就会去玩。我听后真的很无语、很无奈。二是教学质量好，给我们上课的教师都很敬业。那时没有把科研提到今天这种重要的高度，甚至也没有人为地去搞什么学科建设，都是把教学放在第一位，基本上没有"水课"。正因为把教学看得很重，所以才培养出大批优秀人才，如中国科学院院士袁亚湘，中国工程院院士欧进萍，世界著名 3D 打印科学家许小曙，著名文化学者王鲁湘，世界第一台高强度准分子真空紫外氮原子发生器开发者余建军，"中国雅思之父"、新航道国际教育集团董事长胡敏等一大批优秀校友。这两点是现在的大学所不及的。

近 40 年来，中国大学的变化太快，变得有些让人看不太懂。作为全国重点大学的湘潭大学在第一轮大学竞争中居然没有进入"211 工程"，其中原因很多，但可能主要是因为人才的流失。20 世纪 80 年代中后期开始，母校人才流失严重，老教师退休，优秀的中青年教师"孔雀东南飞"；而省城的湖南师范大学已经汇聚了一大批博士和高层次人才——这就是差距。大学的核心竞争力就是高水平师资，谁能不惜任何代价拥有一支高水平师资队伍，谁就能在大学竞争中取胜。

祝福母校！祝福我心中永远的重点大学！

有选择就有未来

　　无论是在生活圈子内还是圈子外，只要是朋友相逢，上过大学的总会相互询问你是哪一级的，我总会自豪地说："我是七九级。"

　　"七九级"，在中国教育史上是一个特殊的称谓，也是一个有着特殊意义的文化符号。"七九级"是属于"新三届"中的最后一届，而"新三届"是相对于"老三届"而言的。

　　"老三届"是指 1966 年在校的三届高中学生和三届初中学生即六六、六七、六八三届。其中年龄最大的是六六届的高三毕业生，俗称"老高三"，除极个别的成了"工农兵"大学生外，这批人后来基本上当了知青。"四人帮"倒台后，这批人大多返城，有的参加了工作，有的考上了大学，有的后来直接读了研究生。这一代人记录了整个民族令人心痛的一段历史，同时也成为改革开放后民族振兴的栋梁。

"新三届"是指"文革"后恢复高考的"七七级""七八级""七九级"（七七级与七八级的入学时间实际上只相差半年），我们是介于第三代（60年代进入青春期）与第四代（60年代出生，80年代进入青春期的一代）之间的边缘人，我们有与第三代的共同点，如冲动暴烈的政治参与，至死不悔的理想主义，经历过大悲大喜式的幻灭，对现实强烈的介入意识等，我们对中国社会、中国问题的认识和对苦难的承受力接近老三届。但是，改革开放后，我们对迅猛而至的消费文化、世俗文化的认同、接受、开放心态，虽不及第四代全面、彻底，却远胜于第三代。所以，许纪霖说，新三届"感受过'文革'的理想主义气氛，在自己的思想中留有那个时代的所有底色，但又不曾付诸狂热的实践。当我们成年时，已经是'文革'以后的七十年代和八十年代之交，开始接受思想解放和个性独立的时代洗礼，因而又具有第四代人的文化特征。……既有超越性的人文关怀，同时对世俗也保持着一份理解；对社会丧失了普遍的道德精神纽带深感忧虑，也分外警惕绝对的、独断的理想原教旨主义；在理性层面不易知识分子的文化立场，而在感性层面更亲近非古典的、非先锋的大众流行音乐……"由于我们受教育时处于精神的荒芜期，在知识结构、情感倾向上既未从"过去"彻底放逐出来，又未被"未来"全身心地吸引过去；既怀旧又趋新，既崇实又权变；既没有走出第三代，又没有跟上第四代，是双重性格的一代，是内心痛苦的一代。

虽然我们通过考上大学改变了自己的命运，大多成了改革开放后我们国家各个领域的骨干，但并没有成为中坚力量，并且近几年已经（或者即将）退出工作岗位，成为历史的淡淡记忆。

能成为"七九级"中的一员，我深感幸运。我在《中国式高考——以运抗命的方式》一文中讲过自己的高考经历。1978年高考失利后，我在复习备考来年高考的过程中。曾经萌生了上战场的念头。如果当时遂愿参了军，也许我已经战死在对越自卫反击战的战场上。回想往事，我第一次感到，冥冥之中或许真有某种主宰。

我不是宿命论者，我相信人的命是可以改变的，而最有效的方式就是通过"运"来抗"命"。"运"是什么？运就是运气、机会、机遇，就是存在于个人面前的可能性。当然，如果说"命"是自带的，那么"运"则是社会赋予的。社会基于"事理"要求实现某种目标而平等地给每个人以机会，这对个人而言则成了运气。当我们说某人运气好时，其实是他在最关键的时候抓住了机会。机会的背后是选择，机会越多，大家的选择也会越多；选择越多，说明改变命势的可能越大。

曾听一好友无比深情地说，他一生最要感谢的是邓小平，是邓小平给了他考大学的机会，让他有了选择，有了未来。我想，这一点是我们这一代人的共同感受。我初中毕业时差点上不了高中，理由是一家只能有一个高中生，而我姐姐当时已经在读高中了。好在我属于"会读书"的那种，学习成绩好，最后校长出面，我才得以继续上了高中。虽上了高中，但我那时做梦也没有想过将来可以考大学。初中毕业时，原本就是农村中学的学校还进行了所谓的"一颗红心，两种打算"的教育。当时我就觉得好笑，因为我认为我们最终只有一种出路：当农民种田。哪来的两种打算？恢复高考，不但改变了国家民族的命运，也改变了不少个人和家庭的命运。我们没有理由不感恩这个时代！

事关人生命运的大事，谁不努力，谁就会吃大亏；有选择的机会不抓住，一定会失去更精彩的人生。当然这也许只是我们这些农家子弟的狭隘感悟，因为我们的生活界面本身就是狭隘的，甚至只有一条路可走：通过读书，跳出"农门"，吃上"国家粮"。回想当年复读时的苦，我至今都有些发怵。这种吃苦精神只来源于一个朴实的想法：不当农民、不搞"双抢"。

记得复读班上的一个同学当年没有考上大学，后来连续复读了六年（也许记得不准确）。他念大学时，高中的同班同学成了他的上课老师。这种一定要考上大学的韧劲，在今天看来也许很好笑，但其中所蕴含的对命运的顽强抗争与对少有选择机会的珍惜，仍然十分可敬。跳出"农门"的念想，仍然无比可贵。今天，一些当年从农村出来的人也跟着城里人嚷嚷"乡愁""回归"，恐怕是忘记了当年是怎样愁（仇）乡的了，此种"假高雅""假远方"，此种矫情，不值得提倡。

我相信萨特的一句话：人都有选择的权利，人通过选择获得自己的本质。但是人的选择权不是任何时候都可实现的，我们现在这个样子、这样的本质，不都是我们自己选择的，是被"安排"的。有时，人在无任何选择的时候，能够被安排，就已经是幸运的了。最可怕的人生是既无选择，又无安排。我之所以说"七九级"是幸运的，是因为较之于后来的大学生，我们是包分配的，服从分配是我们的生活信念。当然，这种分配也带来了专业与事业的背离（对此我已专文叙述），不过，有分配，对于我等"草根"，还是幸事。

　　随着高等教育从精英教育向大众教育的转向，现在考大学虽然已经不是我们那时的百里挑一（高考入学率已经超过60%），但其竞争的残酷性绝不亚于我们那个时代。因为现在是抢优质资源，是想考好大学、考名牌大学，而我们当年是只要能上大学就行，哪怕是中专也行。想法不一样了，但选择的机会还是一样的，选择的模式是一样的，这就是问题所在。尽管这些年基于教育公平和素质教育的考虑，进行了一些高考改革，我还是主张，全国一张试卷，一个分数线，以实现选才公平公正。同时，每年应举行两次高考，以缓解"一考定终身"的压力，给孩子更多的选择机会。如有可能，可实施高中教育与升大学的适度"分割"，即高中教育不以升大学率为考核（评价）标准，高中毕业后可在不同时期自由选择高考。当然，外行总是"站着说话不腰痛"，但提供更多选择的机会总是好事。因为，可供我们考试的机会不是多了，而是太少、太少。如果一切已经"注定","打拼"也是徒劳，没有三七之分。所以，一个好的社会不但要实现机会面前人人平等，更重要的是努力创造更多、更好的机会让大家去选择。因为有选择，才有活力，才有希望，才有未来。

不幸身世

　　每年的 8 月 24 日是父亲的忌日，他老人家离开我们已经 33 个年头了。虽然阴阳两隔，但总归天地有灵、生死相惜。当临近忌日时，我总会梦见父亲，有梦中对话，也有梦中嘱托，还有生活场景的再现，感觉他老人家还生活在我们身边。这些年，虽然我写过一些纪念父亲的文章，但都是零星散文，一直心存愧意，感觉需要写一些系列文章来纪念他老人家。

　　"黄梅时节家家雨，青草池塘处处蛙。"外面，烟雨、落花沾人衣；室内，闲书、清茗祥无事。安神静下心来，我打开了记忆的闸门，在姐姐的帮助下，对父亲的一生，记之大概，述之精要，也许能借某些回忆激浊扬清，借一腔雷霆生天地之正气。这无非是一段平凡时光里一个个体生命的缩写，无非在缩写一个慈祥父亲的悲情人生，其中所折射出的是最寻常不过的世态炎凉与人情冷暖，无关他者亲疏，无关时事是非。

关于父亲的身世，一直是他的忌讳，因为他不是爷爷、奶奶亲生的。这样的身世，在那个年代，就决定了他的人生必定是不幸的。

我父亲叫李吉贤，据他所留下的"简历"，有曾用名"李曙光"，无论"吉贤"还是"曙光"，都饱含了贤良之德与上进之志。取名喻义、以名言志、依名观人，这些都是中华文化的传统智慧，看来我爷爷、奶奶也懂得一些。

父亲出生于 1933 年农历十一月十八日，估计这并非他真实的出生日子，而是父亲被送到爷爷、奶奶家的日子。父亲生于现益阳市桃江县高桥镇牌楼组泉溪村。这个地方是江南典型的丘陵地带，有山，山不高，有地，地不平。因山地贫瘠、杂草丛生、树木不成林、稻田像鸡肠，劳作起来非常费劲，收成也总是不如人意，大家都过着紧紧巴巴的日子。因有一条小溪从村中流过，所以叫泉溪村。这个村的人大多姓李，鲜有杂姓，以李家老屋为中心集中居住。当然，也有散居者，一是因为兄弟多了，要分家，只能往外搬；二是有些外姓，如姓姜的、姓陈的，只能散居在其他山沟。我爷爷、奶奶住李家老屋的最西边，也是尾部，基本上是偏屋了。

关于爷爷、奶奶，父亲从来没有跟我们谈起过，所以我对他们一无所知，也没有照片或文字这类的信息。只是偶尔听母亲提起，父亲不是爷爷、奶奶亲生的。难怪父亲不愿意提及，因为在我们乡下，管不是亲生的孩子叫"把（野）崽子"，是"外人"，经常被人欺负。爷爷叫李楚山，村里人有时叫他"楚山木匠"，我才知道爷爷是木匠出身。至于爷爷的家世，没有人说过。奶奶叫刘满秀，听说娘家是桃江县城太平巷的，后来每年7月半烧包祭祖时，母亲或姐姐都只写"刘老孺人"。因爷爷、奶奶未生育，膝下无儿无女，在当地也是说不起话的，经常遭邻里欺负。有一天，突然响起一挂鞭炮，爷爷、奶奶屋前的竹叉子上挂了一个包袱，里面有个小孩，就是我父亲。听村里人说，新化有一家人因生子太多，根本养不活，打听到这里有无儿女的夫妇，就送来了。也有人说，父亲是爷爷在新化做木匠时用三斗谷买来的。到底何为真，至今不清楚，但有一点是可以肯定的，父亲的亲生父母是新化人。当然，父亲本人也不知道自己的亲生父母是谁。后听母亲说，父亲去世多年后，他的亲兄弟打听到我们家"兴旺发达"了，想来认这门亲戚，被母亲拒绝了。

在那个年代，因为父亲是"把崽子"，不但爷爷、奶奶遭人排挤——因为在族人看来"不孝有三，无后为大"——父亲也因不是李家血脉，被另眼相看。这个身世"阴影"，父亲背了一辈子，到死也无法走出被排挤的状态。

在当时相对固化的社会中，身世有时就是"世身"，世世代代的符号、祖祖辈辈的荣辱。此时，我不由得想起纳兰性德在《金缕曲·赠梁汾》中写的："且由他，蛾眉谣诼，古今同忌。身世悠悠何足问，冷笑置之而已。寻思起、从头翻悔。一日心期千劫在，后身缘、恐结他生里。然诺重，君须记。"

苦难童年

人生如戏，每个人从呱呱坠地开始，就为自己拉开了人生大幕。无论悲伤与欢笑，无论得到与失去，在岁月变迁中，大部分人的人生都"如人饮水，冷暖自知"，童年则是人生的初始。生下来，活下去，这是"硬"理；如何生，怎样活，才是"软"人生。

童年，本是人生无比灿烂的季节，可对于我父亲而言，却是一段不堪回首的苦难。父亲8岁那年，爷爷因病去世。我原来一直认为父亲8岁成了孤儿，后来姐姐听母亲说，父亲不到12岁时奶奶才去世，所以父亲应该是12岁成为孤儿的，在此纠正一下。爷爷去世后，父亲与奶奶相依为命。就在爷爷去世那年的10月份，奶奶怕第二年开春闹饥荒，回娘家（县城太平巷）借了20元钱，捉了一头猪崽，娘俩精心喂养。到了第二年农历三月份，家中断粮，奶奶无奈卖掉了这头架子猪（已长大但没有养肥的猪），大概八十多斤，卖了五十几元钱，奶奶把钱装在一个小木盒里，再放到木箱子里，木箱上还堆着衣服，最后又上了锁。奶奶因有事带父亲回了趟娘家并住了一个晚上，第二天下午奶奶和父亲回来一看：大门敞开着，六只鸡被偷了，家中也是一片狼藉，衣服丢在地上。奶奶马上打开木箱子看钱被偷了没有，一看，顿时号啕大哭：钱没了。奶奶和8岁多的父亲哭个半死，因为那是保命钱。

下半夜，奶奶突然闻到一阵鸡肉香气飘来。她轻手轻脚地去左边邻居家偷看，只见几个人围着在吃鸡。奶奶又到他们杂屋水沟里找到了一些从鸡身上新褪下来的鸡毛。天亮后，奶奶去找邻居说：我昨晚梦见我的鸡跑到了你们的鸡笼子里，我想看看梦是不是真的。邻居听后大怒，说奶奶冤枉他是贼，不容分辩，两兄弟扯着奶奶头发，倒拖着奶奶去找另外的邻居评理。奶奶一路挣扎，一路哭喊，根本无人出面阻止，只因是孤儿寡母。奶奶背部衣服稀烂，血肉模糊，头发被揪掉一大把。有一个叫李树樵（我们叫樵嗲）的邻居实在看不下去，出面制止，他们才停下。奶奶受了气，家里又揭不开锅，这么一个寡妇，只能带着8岁的儿子鸣锣拜庙，求神灵除恶。第二年，那个偷钱的邻居的堂客果真生了一个大脑壳儿子，好几岁了都不能走路、不能说话，没有几年就死了。后来，村里许多人说是奶奶拜庙的菩萨显灵，恶人有恶报。

保命钱是奶奶和父亲母子度荒月的，没有了就只能挨饿，母子7天没吃过一粒米，家里的菜吃光后，只能喝水充饥，饿得眼冒金星，手脚无力，连上厕所都难。后来还是樵哆的老婆知道了，假装担水（因怕那个恶邻居知道），放了两碗饭到井边上，喊我父亲去拿，母子俩把两碗饭熬成米汤，吃了两天。就在那个荒月，母子俩差点饿死。听姐姐说，每当父亲说起此事，无比坚强的他也会哽咽着说不出话来。

迫于生计，奶奶只得让未满12岁的父亲去拜族里本家叔叔学木匠手艺。那时木匠分大小两种，修房子的是大作，做家具之类的是小作，我父亲学的是大作。叔哆哆收下父亲后，第二天就带他去沅江做木工，讨生活。没想到的是，父亲刚走，奶奶就病了，无钱治，一病不起。奶奶死了好几天后，才被发现，但也没人安葬。等父亲闻信赶回时，奶奶的尸体已腐烂。父亲跪拜族长与他的师父，大家协力打了一口薄棺殓葬了奶奶。奶奶入土之后，父亲清理东西时发现，家里已被洗劫一空，只留下一口木箱和爷爷的一套土布棉衣棉裤，这就是父亲的全部家当。

奶奶死后，再没人收父亲为徒了，所以父亲的木匠手艺也只是"半吊子"，没有学到什么。12岁的父亲失去了生活来源，只好去帮人砍柴、帮地主李翰湘看牛。父亲曾说地主李翰湘的老婆非常小气：看一天牛只给半升米，还要掺些沙子进去，砍半天柴，只给一碗白饭却不供应菜。每年冬天下大雪时，父亲冷得发抖，没有鞋穿，小孩子又贪玩，只好用粽叶包着脚，自己做高脚，踩着去玩。爷爷留下的那套棉衣父亲穿着太大，扣子也掉了，父亲就把草绳捆在腰上，扎紧棉袄。未满12岁的父亲，一个无亲无故的孩子，遭尽了邻人的白眼和唾骂，都骂他"野种"，"没人管教，将来肯定没用，只会打一世单身"。还是樵哆夫妇，看着这孩子可怜，时不时给点吃的，打点招呼（在益阳话里，"打招呼"就是"照顾"）。这世界上的事，是否真有某种命运"安排"，是否真有某种因缘，还真是说不清楚——这对好心的樵哆夫妇，竟是我夫人的外公外婆。

悠悠苦难，使人间的坚毅彰显价值；芸芸苦者，让世道的善良有了顾念。父亲常跟我提及那些曾经有恩于他的人，受人恩泽也是快乐。活在苦中，也活在乐里；活在凋零，也活在绽放；活在不安，也活在止息。这是面对苦难人生的最好方法。

白手成家

人生本是一个复杂的话题，它凝结着希望的美好，也弥散着失意的无奈。当然，哪怕是无奈也是自我选择的结果。人有一些"关"与"卡"是注定要过的，成家对于一个孤儿来说，便是人生的第一关。

爷爷、奶奶去世后，有的邻居想赶走父亲，因为他是"野种"，更因为他们看中了爷爷、奶奶留下的三间瓦房和屋场，想占为己有。以前的老屋被族里近亲瓜分后，父亲被赶了出来，无处安身，一直睡在地主李翰湘家的牛棚里，直到父亲与母亲结婚。

父亲18岁那年是1951年，那时新中国刚刚成立不久，由母亲的二表姐喜婿娘做媒，15岁的母亲嫁给了一贫如洗的父亲。我母亲姓莫名静珍，莫家当时在整个益阳（小益阳）都是大姓。常听母亲提起自己娘家，特别是她的姐姐和二哥。我的二舅当时已经是国民党益阳县的县长了，因得痨病而早逝。大舅是另外一种做派，不顾家、不上进，家产基本败光，所以"土改"时，全家除了被划了一个"地主"成分，也没有别的损失。

母亲家庭出身不好，外公、外婆心疼母亲，怕她嫁给条件好的人后被人歧视，宁愿嫁一个无亲无故的穷小子。外公、外婆的决策不无道理：一个孤儿，无牵无挂，关系简单，母亲今后内外都好做人，不受欺负。果然，从我懂事的时候起，就知道家里基本上是母亲当家，父亲都听母亲的。我们也是真正意义上的"六根清净"：除了一个舅舅，没有任何亲戚。这也决定了我们跟父母一样，只能独立行走，不能摔倒，因为没有人会扶你。

当时，家住鸦婆冲的华二嗲夫妇很是热心肠，见父亲成家没有地方住，就主动叫父亲搬到他们家住，并把柴房借给父亲做婚房，两块门板搭在一起就是婚床。外婆心善，偷偷为母亲送了两套床上用品，虽然是土织布，但对父母来说已是雪中送炭。外婆托喜婧娘送来了自己嫁人时绣的一对枕套。华二嗲夫妇喊父母在他们桌子上吃了一顿饭，算是喜酒。父母就这样成了家。因母亲家庭出身不好，父亲又穷得一无所有，结婚时连娘家人都没有来一个，更不用说什么婚礼了。母亲每次提及此事，就泪流满面。

母亲心灵手巧，嘴甜心善，深得华二嗲两位老人喜爱。二老到处讲母亲的好话并愿意为母亲做担保，让她去肖元生开的商店赊生活日用品，还帮忙托人找关系，让那些木匠带父亲一起去干活赚钱。父亲勤快，白天去别人家做工，晚上回家做门板换钱。两年工夫，父亲不但还清了所有欠账，还略有余钱，开始有点过日子的样子了。父亲特别好交朋友，经常会有一些客人来家里吃饭，这常常把母亲急得团团转。不过，每次母亲总能用自己神奇的本领应付过去：先是烧水泡好茶，然后偷偷从后门出去，东家借几个鸡蛋，西家借点油盐，总能整出一桌子菜来。客人满意了，而自己则只能省吃俭用去还账。

在我们李氏家族中，有一个家底较殷实的寡妇叫典翁妈。她家有大小五间房子，收拾得干干净净，就是无儿无女。老人寂寞，家里也没有人气。听乡里都夸母亲善良贤惠、心灵手巧，她主动提出接父母到她家来住。父母的到来，给这个死气沉沉的家带来生气，父母视她如亲生母亲一般，关怀备至，直至最后"送终"。母亲常跟我们讲起，在典翁妈家住的那些年，是她过得最快乐的时光。姐姐是在这里出生的，三代同堂，自有天伦之乐。父母这对苦命人，虽然寄居他家，但总算是有了家的味道，有了人伦温情，有了生命的基盘，这也从根本上改变了乡人对父亲的看法——这是一个有点本事的伢子。

在中国人的生活理念中，家有着独特的意义。家不仅仅是人类延续的基本单位，更意味着生命的完整性；家不仅仅是人生的港湾，更是乘风破浪的出发点；"成家"不但是一个人能力的体现，也是"立业"的前提。"成家立业"，这种价值的排序，既是伦理，也是事理。父亲遵循了这一基本生活法则。

如今，成家立业的价值秩序开始颠倒，也许更有利于提高家的质量，但愿家的意义不会被消解。

父亲真正意义上的自己的家，是在搬进干夹冲以后。因成分是"下中农"，在"土改"分田地房屋时只照顾性地分得地主李翰湘房子中的一间，另外用钱买了一间，一共两间，估计就是80多平方米，一间用来做卧室，一间用来做厨房。这个屋的"风水"不太好，房屋后面是一条小路，是几个村的交通"要道"，特别是要去供销社买东西、小孩上学，必经此路，明显属于"后空""跑气"的那种。住在这里的那些时光，家里人经常生病，直到离开干夹冲，家运才开始好转。

也许是孤儿的身世，让父亲成为一个无比爱家的人。他虽然常年在外工作，很少干家务活，但他总能以独特的方式给我们带来温暖。父亲在外时什么好东西都舍不得吃，总要给我们带回来。父亲特别爱干净，只要一到家，总是把屋前屋后打扫得干干净净，家里的东西弄得整整齐齐。他因为特别爱惜生活用品，所以他的东西总是比别人用得久。

生命虽短，却是一个过程，这个过程是由无数设定的"程序"构成的。既然活着，就要担起责任，诸如结婚生子、传宗接代，这是自然人与社会人都必须尽的义务。既然尽责任是人生的基调，每一寸时光，就都要努力去开心快乐；每一杯苦涩，都要努力去微笑品尝。

自强不息

人也许都有把期许推给侥幸的习惯，都有把机会拖延成空无的时候，但对于社会底层的弱者而言，不能有任何的侥幸心理，不能有半点的拖延，唯有自强，唯有自立。

父亲成家后，开始受人尊敬，也有了自信。时值新中国刚刚成立，国家百废待兴，父亲的事业也出现新的发展。父亲一生虽然没有什么轰轰烈烈的事迹，但他对工作全力以赴、任劳任怨：1952 年响应政府号召去修南洞庭湖；1953 年回来参加互助组；1954 年再度去修北洞庭湖；1955 年加入中国共产党，并回来参加人民公社的初级社和高级社的建设，担任副社长、社长；1958 年担任浮丘山纸厂厂长；1959 年担任横马大队副支书；1972 年到横马供销社任区里的培植站站长；1978年起进入公社的乡办企业工作，任红茶厂副厂长、农机站站长、社队企业办经理等职，一直到 1987 年病逝。父亲为党工作了整整 36 年，这也是从孤儿到"干部"的通行轨迹，在那一代人中并不少见。

这里特别要提一下父亲修洞庭湖的经历。父亲曾亲口告诉我，他之所以落下一身的病，就是因为两次修洞庭湖。为此，我专门找了一些资料了解当年修洞庭湖的情况。南洞庭湖位于湘阴、沅江、望城三县，其绝大部分水域在湘阴县境内，为洞庭腹部。明代万历年间（1573—1620），官民开始利用湖洲筑堤围垸。这些围垸由于种种原因，堤塍矮小单薄，夯压普遍不紧，高程仅 32～35 米，面宽仅 2～4 米，难以抵挡洪水侵袭，倒堤溃垸经常发生。1952 年，湘阴县秋汛持续 36 天，全县漫溃小垸 26 个，淹田 18362 亩。9 月 24 日 19 时 20 分起，九级大北风使洞庭湖掀起巨浪，33.45 米水位的浪头漫过了 34.8 米的湖堤顶部，淹死 1660 人，冲毁房屋 15782 间。1954 年，北洞庭湖区发生百年罕见的大水，共溃决大小堤垸 356 个。为了帮助 280 万灾民重建家园，使 600 万亩农田恢复生产，湖南省人民政府报经中央批准，于当年 10 月 1 日发布了《修复洞庭湖堤垸工程决定》，决定"重点整修，医治创伤，清除隐患，加固险堤，有计划地并流堵口，合修大圈"。两次治理洞庭湖大会战父亲都参加了。我不清楚修洞庭湖到底有多艰苦，只听父亲说过，修南洞庭湖主要靠劳动竞赛，基本上每天要干 12 个小时，"早出工、晚收工、争当模范上北京"。修北洞庭湖主要是要战胜严寒，在冬天近零下十摄氏度的情况下，需要打开冰块挑污泥，又没有雨鞋之类，经常是穿草鞋或光着脚，不得病才怪。

在我的记忆里，父亲干了一辈子工作，在牌楼当副支书的时候政绩最丰：他们班子创造了"万亩荒山变茶园"的奇迹。在"农业学大寨"的热潮中，牌楼大队的领导们决定因地制宜，开荒造梯田、种茶叶，果然不到两年就见了成效。后来横马、小山湾、荷叶塘、天伏山等大队也开始种植茶叶。以牌楼、横马两个大队为核心的万亩茶园就这样形成了。因我父亲是负责茶叶培植技术的，所以特别有成就感。由此，牌楼大队成了全国"农业学大寨"的先进典型，大队支书姜吉良还出席了省党代会（那时我们误认为他是省委委员），经常有省市领导来参观。令我印象特别深刻的是，说是有中央大领导要来参观，必须半年修一条 20 公里的盘山公路。于是全公社动员，没日没夜地干，真的修成了，还简略地铺上了一些沙石，从那时我就知道了什么是"没有做不到，只有想不到"。后来，这里的事迹还上了中央的《新闻简报》，这是每次放电影之前必须播的，类似于现在的《新闻联播》，因为没有电视，所以把一些要闻拍成专题片进行宣传。

只读过两年多初小的父亲能够成为技术骨干，令我由衷钦佩。父亲常跟我说的一句话就是"人生在世，没有人可以依靠，只能靠自己"，我终生铭记在心，也一直在努力。尽管父亲当了一辈子不是干部的"干部"，我还是经常以"官二代"而自豪。

像我父亲这样身世的人，如果没有强大的生命力，是难以出人头地的。这种力量应该就是对生活的希望。其实，希望并不是什么理念、信念，而是"活下去，站起来"的理由，是黑夜里的一盏小油灯，是寒冬里燃烧的一盆炭火，是沙漠中的一小片绿洲，是滂沱大雨中的一把折叠伞。尽管希望仅仅是想象中的美好，但确实可以给人力量。这种力量就是一个人不认输的执着、不怕输的坚持。

疾病缠身

　　父亲的一生，不但是孤苦劳累的一生，也是疾病缠身的一生。如前所述，父亲的身体在修洞庭湖时被拖垮，但他很少诉说自己的苦楚，有点小病从不吭声。加上那时生活困难，营养也跟不上，最后落了一身病。

　　父亲小时候很是贪玩，还喜欢打猎，打野味的本领应该就是儿时习得的。记得家里有一杆猎枪，经常压着火药，挂在墙上，父亲不准我们动。只要有猎友邀请，他一定会参加，经常会带回来一些野鸡、野兔之类，可以改善伙食，母亲也就随了他。有一次打猎，父亲不小心踩了一根竹签，从脚底一直穿过脚背，鲜血直流。为此母亲没少埋怨他，父亲也老老实实在家待了近一个月没有下床。

　　父亲第一次患大病，是得了"绞肠症"，如果不是抢救及时，可能就死了。其实，当时我们也不知道"绞肠症"是什么病，只见父亲痛得在地上打滚，脸色苍白，滴水不进。母亲见状只知道哭，我们都吓坏了。好在父亲的好友——生产队的李思贻和代课老师陶放明有些见识，立刻把父亲送到桃江县人民医院。家里离县城直线距离有10公里左右，那时又没有公路，也没有交通工具，只能用轿子抬着，路况也不好。我们三个人轮流抬着走，走了近两个小时才到医院。医生说，好在送得及时，否则就没命了。所以，父亲特别感激这两个朋友。我问医生病因，医生说，主要是营养不良造成的：小肠团因为没有"板油"粘连，加上剧烈活动，小肠往下掉，掉进了腹股沟。做手术就是把肠子提上来，但无法保证不再掉下去。

此次生病出院后，由于营养跟不上，父亲的体质越来越差，后来又患上了肺气肿，继而转为肺心病——实际上是一种心脏病。疾病之下，信念是唯一的力量，治愈是唯一的目标。心脏病是慢性病，父亲做好了打持久战的心理准备，所以自己特别注意，除注意饮食、防感冒外，还按医嘱经常吃些"安定""氨茶碱"控制病情。

当时公社卫生所有一个刘医生，他几乎成了父亲的"私人医生"：每次父亲不舒服，他自己根本不用去医院，叫我们去买药即可，刘医生对父亲的病已经了如指掌。20世纪70年代时，这种病还没有特效药，只能维持。父亲不敢请假，怕被辞退，如果被辞退，家里生计就成了问题，父亲只能带病工作，每天大量喝开水，生怕别人知道他身体不好。我很少见父亲夏天穿短袖——因为身体太虚弱，手臂消瘦如柴，怕被别人看见。

父亲第二次住院是在我考上大学那年。父亲患上肺心病后，情绪低落了许多，少言寡语，很少有笑声，并且经常在母亲面前说些丧气的话。1979年下半年，父亲因肺心病日益严重，住进了医院。母亲后来告诉我，这次住院父亲很主动，说是儿子考上大学后变得特别怕死——他感觉好的生活为期不远了。住院期间，父亲逢人就说自己儿子是大学生，而且是重点大学的大学生，心情特别好，只住了20多天就出院了。当然，这次住院家里没有告诉我，是父亲的"托咐（叮嘱）"，千万不能告诉我，怕我着急，怕我学习分心。等放寒假回家，我才知道父亲病了一场，全是母亲、姐姐和父亲的朋友在照顾。

　　如果这世界上存在真爱，那首先一定是父母之爱；如果这世界上真有无私之爱，那也一定只有父母之爱。做儿女的，只有不断努力上进，为父母争光争气，才是对他们最好的报答和尽孝。当然，这种报答是远远不够的，儿女永远都欠父母的，有永远无法还清的债。父亲这次病后，每次放假回家，我都要带些药回去，父亲无比开心，说是效果好。其实效果也未必真的好，可能只是心理作用。虽然父亲最终没有战胜病魔，但在整个过程中他所表现出的豁达、忍耐、冷静，我们永世难忘。就在他离开这个世界的那天晚上，他白天还为母亲准备了一张在乡政府看花鼓戏的票，交代母亲，若看完戏太晚就不要回来了，就睡在乡政府。为此，母亲后悔至今。

　　当然，生活从来没有也许，人生也从来没有假设，没有"后悔药"。父亲最终被疾病打倒了。1987年，我从北京研究生毕业回到长沙工作，原想开学之后就接父亲到大医院做全面检查的，还没来得及实现，父亲就离开了我们。此事成为我永远的痛。尽管我一直相信，生活给你洒下一片阴霾，总会在不远处还你一缕阳光；尽管人生总会有病痛、别离、失败的烦忧，只要心怀希望，黑暗中总会有一盏明亮的灯光。但阳光或灯光对于父亲而言，为何总是如此吝啬？或许人生就是一场旅行，不管怎样，我们都要带着一丝微笑，带着灵魂里那抹蓝色，努力在这苍凉里走出一片繁华的风景，不辜负自己，不荒废人生。

望子成龙

原本人生需要活得恰到好处。多一分无意，就少一分遗憾；加一分负累，就多一分残缺——无须望子成龙或望女成凤。但是，父亲的身世与身体的"薄弱"，决定了他对子女的高期望，希望家兴族旺。望子成龙，作为父亲的特殊期许，无奈中又包含了多少不甘，不甘中又看到了无限希望——我们三个孩子都会读书，这是他一生最大的欣慰。

姐姐高中毕业后进了公社红茶厂，原本可以保送湖南农学院（即现在的湖南农业大学）当工农兵大学生（那时也叫"社来社去"大学生），但姐姐考虑父亲身体不好，我又在读高中，怕家里挣不回工分，又是"社来社去"，她放弃了。我很感激姐姐的自我牺牲，如果没有她的放弃，我就不可能再复读，就没有机会上大学了。弟弟学习成绩也好，1988 年被保送上了益阳师范专科学校，成为当时乡里唯一被保送上大学的孩子。懂事的他深知不可能复读，怕考试失误，选择了保送。弟弟曾经告诉我，他当时的理想目标是武汉大学新闻专业。在那个时代的农村，要培养出一个人，往往要以牺牲其他兄弟姐妹的前程为代价。担当与感恩构成了我们这一代人生活的主题，这也是当下的独生子女们无法理解的。

我初中毕业后，读高中成了问题。因为当时乡里有政策规定，每家只能有一个高中生，而姐姐正在读高中，我就不能上高中了。从来不愿求人的父亲找到了当时的校长，希望学校看在我学习成绩好的份上，让我读高中。我当时不知道父亲是如何说服校长的，反正没几天，我就接到了高中入学通知书。若干年后，我问当时的校长，父亲是如何说服他的，校长说，"你父亲说你一定会有出息，知子莫如父，我信了他"。其实，父亲的期望成了我一生无形的压力。这种压力未必都会转化为动力，但它至少让我经常提醒自己，我没有资格懒惰。

1978年，我参加高考失利，尽管上线，但没有被录取。这对我打击极大，一度打算报名参军，是父母鼓励我复读，不要放弃。于是，我辞掉了生产队的会计工作，春节后全身心投入复读。刚开始在乡中学复习班，后来班主任老师建议我去好一点的学校，由他推荐给当时为我开过绿灯上高中的段正球校长，我顺利转入当时的桃江县八中（浮邱山中学）31班，开始了"玩命"式的复习。当时许多人不理解父亲的主张，说我们这种地方是不可能出大学生的，纯粹是浪费时间和钱。而且，我这个主要劳动力不出工，家里收入就要少很多。父亲总是笑而不语，只偷偷地说"就是再试一次而已，没有关系"。也正是在这时，农村开始联产承包，正需要家家户户各显神通，劳动力成了第一生产力，而我们家两个男孩却都在读书。

功夫不负苦心人。1979 年，我考入湘潭大学。父亲在公社的广播里听到我被录取的消息，比我还高兴，逢人就讲："我崽考上大学了！"父亲亲自为我设计了一担挑箱，说读书人一定要有一对好"书笼"。在我填报志愿时，父亲一定要我读哲学专业，他以为读哲学就可以当官，当了官就不会被人欺负。在他的经历中，领导干部都是学习"毛主席五篇哲学著作"，学了更多的哲学，就可以当更大的官。当然，这只是父亲的朴素想法，也是一个朴素农民对复杂权力的简单判断，当然，他更不知道古希腊哲学家柏拉图说过"最好的统治者应该是哲学王"。我在《中国官德》一书的后记中表示过自己辜负了父亲的期望，尽管我后来也有过从政的经历，但终因个性使然，不成气候，只能做个书生。就父亲的性格而言，他也不适合做官。

大学毕业后，我考研失败，尽管已经在大学教书，心里却一直还有个结。父亲了解我，每次回家就问我还想不想考，我只能说，"家里困难，我应该为你们分忧，不考了"。父亲还是一直督促我考研，总说邻村某某家的孩子考上了研究生，你也要努力。1985 年，我考上研究生后回家见父母，父亲在公社企业办的宿舍见到我时格外激动，半天说不出话来，我能看见他有些浮肿的眼睛已经湿润了。后来姐姐告诉我，当时父亲的病情已是很重了，只是他不说而已。我去北京读书前，父亲再三提醒我，政治上要进步，要争取加入中国共产党，不能太骄傲、太散漫。我自知离父亲的期望距离很大，但至少成了最不让他劳神的孩子。

虽然生命中的所有遇见，是因缘相遇，因情生暖，但是，红尘烟火，岁月曲折，自己终要品尝些许苦辣酸甜，才能领悟人生里的人情冷暖。有人说，这世间的所有相遇，都是久别重逢，唯有父母与子女，是为了别离。父亲把他一生的希望，寄托在我们几个身上，用最纯朴、最艰难的方式为我们撑起了一片天地，让我们深刻感受到了什么叫"父爱如山"。"翻成宵梦古今事，唯有人间父子情。"这世上缘来缘去，唯独父母之恩，如江河大海，永不枯竭，永不断流。"人间万事成秋草，我辈前身是落花。"如果真有来生，父亲，我们还做您的儿女！

德润家风

　　人世间的常态是：越是处于社会底层的人，越关心弱者；越是受过苦难的人，越具有同情心。父亲尽管是泥菩萨过河——自身难保，但他用一颗善良之心和微薄之力，尽可能地去帮助别人。父亲去世这么多年了，每次回老家跟熟悉父亲的人聊起他，总会听人说起："你父亲是个好人。"父亲一生留给我们的宝贵财富就是善良与正直，是我们世世代代要秉承的美德。

　　关于父亲的善良，母亲曾跟我提起过一件事。1977年春天，父亲担任高桥公社红茶厂副厂长，他喜欢工作之余到周边茶山看看茶叶生长情况。有一天，他看见茶山里有一堆人，走上去一问才知道，原来是栗树咀大队里70多岁的夏嗲，媳妇对他不好，逼着他到牌楼茶场来摘手工茶叶，不摘满50斤茶不准回去吃饭。夏嗲有肺气肿，每天都完不成任务，所以每天都没有中饭吃。这次夏嗲又饿又热，加上心里悲苦，一下子晕倒了。父亲知道情况后，二话不说，背起夏嗲就走，将他送到横马塘卫生院。夏嗲经医生抢救才醒了过来。父亲还砍了一点肉要食堂师傅炖烂送到医院，并亲自去找栗树咀大队支书，找人把夏嗲送回去。夏嗲病好后又来摘茶叶，父亲每天给夏嗲送午饭，一直到老人病了没有再来采茶为止。那时公社红茶厂都是自己交米，每个人每月9元生活费。我们家粮食短缺，姐姐问父亲，我们的饭票为何吃得这么快，父亲才告诉我们，原来是因为多了一张嘴。

我父亲有个堂叔叫李梅生，我们叫他梅嗲。他子女很多，家运一直不好。梅嗲去世后，他夫人梅翁妈找到父亲，想把梅嗲安葬在我爷爷旁边，农村叫"傍偌"，理由是我们家子女会读书，有发达之势，希望能惠及一下他们。母亲当时不太愿意。要知道，"傍偌"无异于"偷财盗运"，因为一方风水只顾一方人。但父亲心善，马上就同意了。后来母亲告诉我，爷爷、奶奶安葬的具体地点并不清楚，只知道是在虎形山。母亲是受过严格家教的人，嫁过来后，每到清明、过年她都要去祭拜先人。爷爷、奶奶去世时，父亲年幼，也不太清楚二老具体安葬在什么位置。于是，母亲在山上四处寻找，感觉有个地方像个土包，猜想应该是茔地，就顺势加了一些泥土，堆成坟头，后来也就被认定为我们的"祖坟"。虎形山是我老家附近几个村中最高的山，头大尾长，形似老虎，自有几分气势，而爷爷、奶奶的坟墓正好就在"虎眼"上，无意间就"葬"在了一个最好的地方。

后来乡下许多老人都告诉我，我能考上大学都是因为我们家的祖坟好。父亲去世后，母亲经常去坟头上哭，希望爷爷、奶奶再度"开眼"，保佑子女儿孙发达平安。后来，我对坟墓稍作修缮，还幸得兄长俊人先生赐联"至善春秋道泽泉水无止，鸿恩日月德被虎山自灵"，立于两旁，旨在还原气象，再复光华，传承道德。

父亲性格直爽，不会吹牛拍马，也不会玩心机。他深得群众爱戴，但领导对他却不冷不热。几次听父亲说起极"左"思潮泛滥时的一件事。有次父亲去区里开生产工作交流会议，会议的中心是推广双季稻，一季稻保产创收。因为父亲熟悉农植物栽培技术，被指定为重点发言人之一。当时，许多大队支书上台都是讲单产如何"跨长江"，双季稻如何"过黄河"（"跨长江"，指亩产超过800斤；"过黄河"，指亩产超过1000斤），父亲越听越气愤。轮到父亲上台表决心、交流经验时，父亲只说了两点：第一点，双季稻要全面推广，必须要先改造冷浸田，彻底改良田质；第二，我们大队跨不了"长江""黄河"，最多亩产稳住400斤。当时台上领导听了很不高兴，会后叫父亲留下，进学习班反省学习，批判他"反对农业学大寨""拖社会主义大农业的后腿"，准备开除他的党籍。幸亏父亲的入党介绍人李才之出面，以党籍和人格担保，父亲才没有被开除党籍。

正直的人往往喜欢"多管闲事"，爱打抱不平。父亲有一年作为"公社干部"在另外一个大队"蹲点"时，得知一对无儿无女的老人经常挨饿，没有饭吃。听大队干部说，他们懒惰，并且偷过生产队的东西，必须扣"基本口粮"。后来，父亲亲自上门询问两位老人，并四方调查取证，才还这两位老人一个清白，追回了基本口粮。这不仅得罪了村干部，还得罪了与老人"为敌"的人，当时就有人想纠集一些人要打父亲，多亏几个年轻人把父亲保护了起来，父亲才没有挨打。

我十分认同伦理学就是关于弱者的学问的观点，即伦理学主要应该为弱者代言。我也不知道自己终生以伦理学为业，是否具有某种机缘，反正，嫉恶如仇、爱憎分明、伸张正义，成了我的某种天性，无法改变，这应该就是父亲的性格基因，就是父亲品德示范的结果。我引以为荣，引以为傲。

父亲的善良与正直深深地影响着我们及后代。善良，是开在心上柔媚的花朵，而正直是让这一花朵独傲的支柱。那些急于自保的所谓"聪明人"和"成熟者"，我可以理解，但不能仿效。这种"平庸之恶"一旦盛行，不但会助长平庸之人，更会增加社会之恶。而正直又需要真诚，真诚的全部道德力量在于真情与诚实的凝聚，在于无私与无畏的结合。那些在邪恶面前的"沉默者"和"旁观者"，终会殃及自身。

也许是人性的沉幻，让我们一次次地把自我与他者分离；也许是生活的喧杂，让我们在不经意间就忘记了亲人。但是，浩渺苍穹，岁月如流，父亲的恩德我永远铭记在心，无论是今生还是来生的约定，父亲永恒！

54岁的人生，短得很苦；太短的人生，苦得太长。这就是我的父亲。

怀念兆明兄

2020 年 2 月 15 日上午 11:30 左右，俊人兄告诉我，兆明走了。因之前知道兆明的病情，我有些心理准备，但一时还是无法接受，精神有些恍惚，脑袋一片空白，泪水直流。

兆明兄还是走了！在这个压抑得让人喘不过气来的鼠年端月，在这个寒风刺骨的夜晚。尽管我知道"天命不可违"的道理，但还是希望老天不要这么残忍，他毕竟才 66 岁，毕竟还有难以割舍的亲人、弟子和朋友，毕竟还有许多未竟的事业！

不知是否有什么征兆，昨晚，窗外刮了一整晚的大风，气温断崖式地降到接近零度，并且伴有电闪雷鸣。我在四点醒来，一直无法入睡。

不知是否有什么预感，昨天找资料时，我想看看兆明兄对"制度善"的认识，无意中把他送给我的 12 本书放到了一起，多少敬佩，油然而生。

翻开跟兆明的微信聊天记录,那还是在 2019 年 8 月 29 日,浙江师范大学成立田家炳德育研究中心,我想请他来"站台"。无奈,他告诉我:"我很想前去与老兄一见,但最近身体出了点状况,不能前往,非常遗憾,并祝好。"我当时仅仅以为他是面部神经出了点小问题,根本没有在意,也没有进一步询问。直到 2019 年 12 月 1 日,他微信我,"很想最近我们能见个面,聊聊天"。我还没有意识到有什么问题,还满不在乎地说:"正好 12 月初召开中国伦理学年会呀,你早点过来,我们聊聊。"我还以为他是工作上、事业上遇到了不开心的事。哪知他回答我:"身体原因,我已不能外出了,见一面少一面了。"我顿时感到问题严重了,收到这句话时我正开着车,眼泪已经模糊了我的视线。我不得不把车停到路边,回复他:"中国伦理学年会后,马上来看你。"

年底事多,直到 12 月 23 日我才动身前往南京。那天我订了早上 8 点 30 分的飞机,上午 10 点多到了南京。我原以为路途很远,跟兆明事先约定的是下午去看他。我微信告诉他"我已经到了",他那边没有反应,估计是在休息。既然这么早到了,我临时决定上午就去他家。依据南师大朋友提供的住址,我在 11 点到了他家。进门后,嫂子把我引到客厅坐下,一会儿兆明起来了,他的精神挺好,看不出生病的样子。我们在他的卧室坐下,他从容地讲起他的病情和治疗方案。我为他面对疾病时表现出的乐观与坚毅感到无比欣慰,这是只有"哲人"才有的通透与豁达。我鼓励他,和他讲了许多战胜癌症的例子，同时，我还联系了读博时的同学刘晓华。刘教授精通针灸，在美国行医多年，也治好过不少病人，我希望能有奇迹发生，也是给他一种心理上的安慰。没过几天，刘教授去了兆明家。后来我才知道，癌症晚期的病人不能使用针灸。

当然，我们聊得更多的还是学术。他告诉我，他对道德冷漠产生的原因有了新的发现，还谈了他对民主的新见解以及最近对人工智能问题思考的初步成果。他说，他有一个20年的学术规划，只可惜来不及实现了。他后悔没有把自己弟子的学术团队建设好，也跟我交代了几件学术上的事情，希望我能帮他办好，如有可能，尽量支持、帮助一下他的弟子。这种"托咐"使我的心情更加沉重。尽管我不能保证办好他所托之事，但朋友间的这种信任已经不是"事理"所能诠释的了。我们聊得很兴奋、很开心（其实，我真是希望他少说话），时间很快就到了12点，兆明留我吃饭，我没有推辞。嫂子做了几道菜，还特意做了辣椒炒肉。兆明吃的当然是特殊餐，我们边吃边聊。因我要当天赶回长沙，休息片刻后，我不得不起身离开去机场。出门时，他紧紧地拥抱着我，我们都能看到彼此眼里的泪花。直到嫂子送我进了电梯，他还在门口站着。那是多么的不舍呀，那就是生离死别的心痛。直到嫂子送我到地铁站10多分钟后我才恍过神来。

在去地铁站的路上，嫂子告诉我，兆明只想我来看他，说有事情交代我。我为这种情谊所感动。一个人在知道自己不久于人世时，最想见的就是可信赖的人。其实，我和兆明平时没有太多交往，彼此也没帮（求）对方办过什么事，感情自然、平淡，但很长久。最早认识兆明是因他送我《道德生活论》，后来他又送我《社会变革中的伦理秩序》，我也开始了解他的研究领域和风格。直到1997年一同考入中国人民大学读博士，我们才真正开始交往。他师从宋希仁教授，我师从许启贤教授，我们总是相约一同去拜访两位老师。他读书比我认真，也比我读得多，尽管那时我们都已经是教授了，但他只用了两年时间就完成了学位论文，并顺利通过答辩。记不清是哪年，南京师范大学想建设伦理学博士点，有意引进我和兆明，我们两人还选好了相邻的房子，差点成了同事。只是他去成了，我没有去成。兆明做学术很刻苦，在伦理学基础理论、制度伦理、道德失范、社会伦理秩序、黑格尔法哲学等领域都有精深研究，为中国伦理学贡献了几百万字的成果。他喜欢自由自在地研究，所以一直没有进入中国伦理学的"核心圈"，也许正是因为这样，他才取得了有个性、有影响的学术成果。兆明兄为中国伦理学事业做出了重要贡献，为东南大学和南京师范大学的伦理学科发展做出了重要贡献。我们会记住他，历史会记住他。

兆明具有江浙一带男人的细腻。读博期间，每次假期结束返校，他总要给同学们带点南京"特产"，带点云锦手帕之类给男同学的夫人。兆明学医出身，懂得些病理与药理，只要见面，他总是像大哥一样提醒我如何注意身体。我是大大咧咧之人，很少把他的提醒当回事。现在想来，这些提醒包含了多少朋友间的深情厚谊!

兆明做学问的勤奋是出了名的。有一次,我收到他给我寄来的一大箱书,全是人民出版社和商务印书馆出版的。这给我带来的刺激很大,我感觉自己落伍了。我心里恐慌,下决心不能丢了学术,哪怕做不出一流学术,做也总比不做好。那时我还在湖南城市学院任职。有一天晚上,我打电话给他,他当时正在给学生上课。他停下课来听我啰嗦了半天。我无非谈了自己回归学术的想法。他说,他坚决支持我,尽管他一直认为干行政是我的优长,他甚至怨过我,应该早点"觉悟",说不定能干到更高位子,但我只要讲一条"官场铁律",他就不再说话了。特别有意思的是,我辞去领导职务后去了浙江师范大学,他被我的大师兄詹世友校长聘到了上饶师范学院,金华与上饶之间高铁仅半小时路程。原来许多的约定虽然都无法实现了,但我相信这种尘缘总能得到某些应验。

兆明的高徒洪峰君曾发来微信说,2018 年底先生用 16 个字对自己进行了评价:"天马行空,特立独行,从心所欲,逍遥自在。"我想:这是多少文人所追求而无法达成的境界,兆明兄达到了,我羡慕他。无奈上苍无眼,中国伦理学界不仅损失了一位智慧的学者,更是损失了独立自由精神大厦中的一根支柱。

兆明兄走了,中国伦理学界的杰出学者,我的好兄长。

兆明兄一路走好!愿天堂没有病痛,愿天堂春暖花开!

格物空灵

格物、致知、诚意、正心，既能通达人与自然，也能连接心物。物不为心移，心不为物累，关键在心之灵空。灵空之境，亦善，亦美，亦圣，亦高远……

▼
▽
▼

家门前的梧桐树

老家所处的湘北丘陵地带有一个特点，在这片土地上，名贵树种很难成活，普通的树种反而能根深叶茂，如桂花树、梧桐树、香樟树等。一方水土，一方生命。

我家门前就有一棵梧桐树。这种梧桐树的枝干笔直，不像法国梧桐有各种枝枝节节。它的树皮光滑，泛着青绿色的光泽。到了夏天，梧桐树叶翠枝青、亭亭玉立，树叶伸展成巨人的手掌，浓密、青翠，叶子和树皮一样绿得可爱。这种树的特点是成活率高、成材快，即使主干被砍了，侧枝也会在三五年内长成参天大树。当时每家每户都会在房前屋后种上几棵梧桐树。

记得父亲选择宅基地时，除了地势高、视野开阔外，主要还是看中了这棵梧桐树。它不但能遮阳挡雨，还能给这个小屋一点绿的希望；它不但见证了我们家的兴衰，也给我留下了无穷的记忆。

1979 年，我考上了大学。父亲为了送我上学，把梧桐树砍了打了一对挑箱（益阳方言叫"书笼"）。父亲说，读书人必须要有书笼。我在《中国官德》一书的后记中记录过父亲因为我考上大学而高兴的心情，他真是恨不得把家里最好的东西都叫我带上。他说，梧桐树木质轻，易于挑装。他找了高级漆匠漆了当时最时尚的铜黄色。这对书笼伴我多年，带给我的全是安顺。直到进京读研时我才换了皮箱，但到现在我还是觉得书笼耐装、易置。如果父亲今天还活着，家里肯定还有几担书笼，因为他相信书笼的简单和实用。

研究生毕业后，我从北京回到长沙工作。父亲当时患有严重的肺心病，但他很少吱声，也舍不得花钱治疗。我回长沙后，到了一个很不理想的学校教书，本来想先安顿好再带他去省城看病治疗的，没想到我刚到学校上班没有几天，父亲就离开了我们。这是我一生最后悔的事，更是无法原谅自己的事，每每想起就心如刀绞。如果当时能及时治疗，假期直接来长沙诊断病情，父亲也许不至于 54 岁就离开我们。父亲走时没有任何征兆，我们也没有任何准备，连一口棺材也没有，是临时借了别人家的才安葬好。后来还别人家棺木时，我们又把家门前的梧桐树砍了才凑足了钱——从我上大学时起，仅六七年时间，梧桐树又长大了，它在坚强地支撑着我们这个家。

父亲去世后，母亲一人操持着家，其间数次砍这棵梧桐树来解家用之急，直到母亲住到姐姐家，梧桐树才不再被砍。也许是经历了太多的砍伐，也许是主人的离开，也许是家道的衰落，梧桐树再也没有长高长大。每年春节给父亲上坟拜年时，我总要回老屋看看，除了杂草残壁之外，那棵梧桐树的树根还在，湮没在杂草和竹林中。尽管它不再高大，但还活着，有些小树枝还在挣扎着成长，日月年轮，生息不止。有什么比活着更重要？为谁而活着，为谁而成长？我们不得而知，也许这就是生灵之道。以我之心，怎能理解一棵树的生存理由？人原本与万物共生而融通，而人一旦成了自然的主宰，还能被生灵护佑吗？相反，只有敬畏生命、敬畏自然，生命、自然才会护佑我们。

每次回家看望母亲，老人家总是挂念那早已败落的老屋，说要维修一下一个人去住。每每我都会直接打断她，甚至生气地埋怨她不理解我们："还要那破屋干什么？"母亲往往只怯怯地辩驳上一句，就双眼含泪不再吱声。是啊，在母亲心中，那不是破屋，那是她的家，那是她一生的归宿，那是她对父亲的守候。记得父亲去世后那些年，母亲委屈时，总是斜倚着那棵梧桐树默默哭泣——树成了人的知音和寄托。

这些年，尽管母亲不再提修缮老屋的事，老屋于我却成了无法割舍的怀念，门前那棵梧桐树成了我一生最揪心的幽思。记得李煜在《相见欢·无言独上西楼》中感叹："无言独上西楼，月如钩。寂寞梧桐深院锁清秋。"我现深处闹市，闹中求静于一山坡而居，虽有桂花、香樟、毛竹等，但没有了梧桐，怎算清秋深院，怎有家的韵味？虽然种植一棵梧桐并不难，但生活的过往已然无法复制，父母的苦难与恩泽、老屋的情怀与意义，已经像那棵顽强的梧桐树一样永远地深植在我的生命里……

春 殇

时光一直在快步前行，季节来了又去，去了再来，那些忧伤的凝固，已经不再是记忆深处的感动。

我不相信今天是"立春"之日：刚刚经历了一场冬雪，刺骨的寒风还在任性地刮，杂草丛中的残雪似乎还在等待"后来者"，身躯还没有来得及伸展，手脚也不知伸向何处，甚至连头也不敢露得太多，更无力张望。

其实，我真的不喜欢春天，也不信"春天是一首歌"，除了那些所谓四季轮回的规律，除了那些春华秋实的空想与期许，还有那些只有在春天里才有的自欺，还有什么？如果说，还有暖意，可是比得过夏天吗？

春雨时节，几多惆怅，几多心烦，低眉行走时总也会有泥水渗染你的衣裳，纵有阳光普照，也是揣着一颗潮湿的心，忽热、忽冷，或近、或远，谁能把握？

"小楼一夜听春雨，深巷明朝卖杏花"，那是春的叫卖；"碧玉妆成一树高，万条垂下绿丝绦"，那是情的纠缠；"不知细叶谁裁出，二月春风似剪刀"，这就叫温柔一刀，生命就这样在不知不觉中被忽悠。

或许你有春播忙碌的喜悦，可耕耘与收获之间从来不是对等的，也必然没有应景。如果你计较收成，你就会把汗水当黄金。过分地看重什么，一定会被什么中伤，何不悠然推窗，放空一切，去体验生命灵空之美？

那些孩提时春姑娘的故事，早已被磨难的岁月封存。故事里的姑娘已经老态龙钟，连身影都消失在广场舞的暮色中了。

花开终无百日红，无论多么妖媚地绽放，也会有凋零之日；无论多么耀眼的艳阳天，也会衰落西山。

善变的春天，从来都是翻脸不认人：时有微温，时有冰雹；时而笑脸，时而阴沉。既像任性的少女，也像凶残的泼妇，我们的幼稚与迁就，就这样助长着疯癫。

也曾经憧憬过那春日醉人的时节，桃李芬芳，总以为能一同赏花的人是有缘人，总以为能对酒当歌的是性情中人，总以为勤于耕耘的人是成功人，可一夜春风，没能万树梨花，而是叶落鸟飞。

季节更迭，造化弄人。那些追名逐利的日子，每时每刻都是在流水般的光阴里徒劳奔波。那些人模狗样的生活，哪一幕不是蚀心蚀情，在欲念的虚荣中争渡？

我还是喜欢待在冬夜的冷清里，望着天际零零落落的几颗星，希望能找到自己的存在。有了自己的角落，心就有了去处，有无陪伴，荒芜抑或寂寞，已经不再重要。

我一直倾慕处变不惊的人生态度，如一溪清流，淡定而从容，可谁又能敌得过春心？人把一生都消逝在那些所谓的希望里，用希望的叠加，把人沉重地压碎，直到再没有希望的希望，多么可悲的循环！

时光清浅，华年易逝。人生的节律为何一定要与自然同步？我们如何将自己安置妥帖？唯愿华丽着华丽的自己，让生活的缱绻在心怀里烂漫，让生命在自己的空气里终结，管它春夏与秋冬！

夏　花

在钟摆式的生活中，经常是想变的东西永远变不了，而许多变化又往往在不经意中发生。出差数日回家，我总要习惯性地到房前屋后转几圈。有一天，我猛然发现，山上的许多花都不见了，只有草丛中的几枝月季和池塘里的荷花盛开着。这时我才清醒地意识到，是春花谢幕的时候了，温热的初夏来了。

人似乎对花有某种天然的眷恋，无论是暗含着生命的活力，还是喻示着生活的结局，不管富贵与贫穷，也不论愉悦与悲伤。记得当年在老家建新屋时，母亲就曾在家门口的梨树旁亲手种下几株月季。每到夏天，白色的、浅粉的、深红的，都簇拥着，随着一缕青枝摇晃，摇得周边都沾染了淡淡的香气。

雨后，花瓣散落一地，正好落在走道上，来往的客人经常会戏说："你们家迎接客人的仪式也太隆重了，还鲜花铺地。"其实，这只是应了那句"不摇香已乱，无风花自飞"的诗。母亲热情周到的待客之道在当地是有名的，经常能在没有准备的情况下，神奇地整出带几个茶点的"偏餐"和九个菜以上的"正餐"。如今说起来，老人家还有几分得意。后来为了拓宽地面，就在月季的上面填了许多土，月季还是顽强地生存着，只是花没有那么多、那么艳了，但喜欢来我们家聊天的乡亲并没有减少。

前几年我自己装修房子时，也在绿化带上种了些月季，至于是否想通过闲情逸致的模仿来承续家道，当时真的没有想过。起初，月季枝很小，也很凋零，柔弱、细软的枝条上，伸展着几片浅绿色的叶子。我对月季的培育很上心，经常除草、施肥。夏天一到，月季就像贪吃的孩子，每一片叶子都使劲地伸展着，那细细的枝干上，不几天就长满了叶子。当叶丛中露出几朵小花时，我总是激动不已：花开了！

也许是我的种植和培育技术有问题，抑或是土壤不适，月季一直没有呈"满墙生长式"发展，即使到了旺盛的夏季，也还是孤独摇曳，各自飘零。这让我多少有些忧伤，于是干脆对种植的地方做了"硬化"处理，而我家"领导"还是不甘心，把几株生命力强的月季移植到了花盆里，由它们去自由生长。直到有一天，我们发现花盆里的月季花已经开了，尽管在烈日下显得十分疲乏，但还是在顽强地盛开着、生长着。生命可以委屈自己，但不会辜负大自然。

也许，任何一种事物，都会用自己独特的生命方式在适合自己的季节里开始自己的旅程，这是谁也改变不了的。春天到了，花自然会开，并且开得很多，一直延续到初夏。春花开始凋谢，一簇簇，一朵朵，那些明艳的花瓣，在灼灼的阳光下飘落下来，万般无奈，"秋实"也最终成了梦想。夏花会紧接着而来，尽管短暂，尽管单一，尽管淡然，但毕竟是生命的接力。我忽然为我的伤怀自卑起来，万物的生长，有自己的循环，有自己的节律，有自己的起落，有自己的悲欢。是我想多了。

月季的花开花落，叶生叶落，也是一种生命的循环，这是一场生命的运动。花开时快意，叶落时淡然。世间万物，也是各有天命，天命而知，使命既来，尽力而为，遗憾何来？我心里滋生出一种难以置信的敬意，我知道那是我对月季、对所有积极向上的生命的敬重。

夏花并不是为秋实的功利而来，没有春花的狂热，更没有秋果的老成与自得，也许就是一种绽放，就是一种花序的连接，就是生命的点缀本身，无论荷花、鸡冠花、石榴花，还是牵牛花、紫薇、百合花，概莫能外。但人对花的态度是充满弹性的，充满着无限想象的空间，并赋予了它们太多的浪漫和期许。你可能面对蔷薇，双手合十，许下一场水墨相逢，又用千古诗意，为她点燃枫桥渔火，只因见到了超凡脱俗的灵魂，就悄悄埋下了水墨的永恒伏笔。也许你站在池塘边，望着一片莲花，总会祈祷，在淡若清风的日子里，细细聆听不同生命留下的呢喃，在每一个寻常的心田，收获花开陌上的旖旎。如果你有一朵牵牛花，一定会将它带进书房，放入翻了一半的书卷里，在定格的字里行间，留下那份相惜相眷的守候与安恬，珠帘下轻嗅所有的香，都是故人的味道。

此时，我不禁想起印度诗人泰戈尔的《生如夏花》："我听见回声／来自山谷和心间／以寂寞的镰刀收割空旷的灵魂／不断地重复决绝／又重复幸福／终有绿洲摇曳在沙漠／我相信自己／生来如同璀璨的夏日之花／不凋不败／妖冶如火／承受心跳的负荷和呼吸的累赘／乐此不疲……"此诗的题记"生命，一次又一次轻薄过，轻狂不知疲倦"，更让人省悟，人生难免会有不完美的地方和不如意的结局，即使是悲伤如死亡，也要淡然处之。真的要感谢这些清丽而充满忧郁的诗行，填充了我空空的行囊，还能在俗世中，存留几分淡定和沉寂。

从江南的一处走到另一处，无非经受尘世烟雨，许多纯美的场景，都会随后而没落，何况夏花。往日诸多狂热或无奈，已经落满了尘埃，轻轻遗落在无法翻阅的纸墨间。只希望活着的自己，还能为几场江南烟雨，为几抹荷塘月色，为几株芳菲月季，努力去寻找，寻找生命中难得的清寂。

生如夏花，死如秋叶，如何？

秋水有痕

岁月，如水一般轻踏而来，终是流光易逝，许多记忆还没有来得及回忆就成了生命的空白。秋天，就这样不期而遇了。

今年的秋天来得有些突然，感觉昨天还在饱受酷热，今天就是秋风瑟瑟了。也许是天地轮回的加快，也许是人的行径的疯癫，也许是心序的紊乱，四季的更替也变得如此没有章法、没有预备、没有过渡了。

秋，总是多雨的。雨隔着山，隔着凹，隔着高楼，隔着人群，隔着那些飘零的落叶，大部分渗入泥土，些许保守地散落在草丛中，停留在叶片上。当你想随意拾起一片落叶的时候，已经根本无视色泽了，只有那无心的滑和透心的凉。

忙于生计的车轮在飞速前行，窗外绵绵不绝的秋雨，形成了一袭水帘，把人与风景隔绝成了两个世界。车厢外，是一排排属于大自然飞逝的秋色，车厢内，是独属于自己不知从何而来的疲惫与忧伤。

儿时，有一年初秋，为了去看一场露天电影跑了老远，回来时已经是露水沾衣。为了不打湿妈妈给我做的布鞋，我只好光脚回家，结果第二天病倒了，从此我懂得了秋露如霜的道理。如今，虽然不用再走垄越坎、踏霜踩雪，但大自然给我的不经意的伤害可能已经刻骨铭心。难道真是"秋荷一滴露，清夜坠玄天"？我不知道，但不再信"秋水无痕，霜天月堕"。

今年的秋天注定是秋下有心：愁！本来秋凉好读书，可一听到窗外的下雨声，就想发呆，莫名其妙地发呆，呆到没有一点意识。南宋词人蒋捷的一首《虞美人·听雨》曾这样描述不同年龄的人听雨的心境："少年听雨歌楼上，红烛昏罗帐。壮年听雨客舟中，江阔云低、断雁叫西风。而今听雨僧庐下，鬓已星星也。悲欢离合总无情，一任阶前、点滴到天明。"其实，听雨的心情与年龄无关，如果友人离散，天伦失序，世事无章，脸上就只有雨水与泪水的混合。

我们总是对秋天有太多期待。其实，秋实与秋色也不过是秋水的自成体，可以近观，但切不可拥有；可以感受，但切不可进入。摘不完的果实，就如数不完的星星，再多会迷惑，再远会绝望。走不进的秋色，就如走不进的人心，再留会枯萎，再挤会伤心。

我自以为在这个清远、深美、清雅的季节里，可以气定神闲地走进自己的世界，看几本闲书，写几篇博文，写几首歪诗，想想以后。可是，只要是有雨水的时日，惆怅与闲愁总是萦绕在我的心头，只能将自己定格于那一滴叶尖上的水珠，什么纷扬的落叶，什么遍地的残红，什么绝美的苍凉，什么静好的岁月，通通化为了水珠，静则有，动则无。

　　站在秋的渡口，试图用萦怀的薄凉，去掀开那神秘的漫卷珠帘，去弹一曲《大江东去》，去看透这个世界。无奈，远山含黛，飘飘细雨，将冷冷一弯瘦月隐藏于后，眼前一片朦胧。如要看透世界，先要望穿秋水，能吗？如果说，雨是秋天的梦，那么水就是秋天的泪，哭了芍药，散了蔷薇，伤了枫叶。

冬　阳

　　今年冬天，习惯了听雨雪不停敲打纱窗的声音，习惯了望着雪花飘洒在冷冷的天宇，习惯了让一缕缕倦意袭上心头。冬寒渐深，心已微凉，身已飘浮，犹如窗外那些孤寂的小雪花，唯有随风飘荡，没有了目的，没有了皈依，没有了时空。

　　在外奔波数日之后，会习惯性地躺在书房的椅子上闭目养神，总想用冥想屏蔽掉那些杂乱的疲惫与灵魂的纷扰。迷糊中醒来，一缕阳光透过窗户斜射进来，一切基于天气与脾气的慵懒，顿时消失。在近四十天的雨雪天气之后，我终于见到了冬阳。

　　当肆虐的寒风扫尽大地的暖意，当纷飞的雪花覆盖昔日的繁华，草会无限怀念阳光的暖，风会无限怀念花的香，叶会无限怀念露的透。也许当某种东西匮乏的时候，才是最珍贵的；当在绝望中希望又能实现时，才是最幸福的；当一切回到生命最初的模样时，才是最本真的。反差与对比决定了价值的轻重，世道与人心，不全是如此吗？

冬阳还是儿时好。那时候，如果太阳要出来，早晨一定非常冷，甚至伴随着打霜与结冰。这时母亲一定会早起，叫我和姐姐起来干活，特别是过年前的晴天更是忙碌：洗衣服被子、刮红薯片、晒萝卜干、砍柴、扭草把子、用纸糊窗户……真的，不知是冷暖的对比还是冷所致，感觉当时的太阳比现在的"给力"，并没有觉得很冷，令人充满暖意。如今，不用去干那些冰冷活了，暖气、热水、空调，我们有了四季如春的物理装备，可如何？还是会感觉到冷，真的很冷。

时光的年轮，一圈圈增加，那些简单纯净的初心，早已在流年的浸染下，披上了俗世的灰尘。那些生命中保留的真切暖意，也许变成了一个笑的表情符号，但笑颜下也要深藏正流淌的生命暖流，那是父母的热血，那是亲情的热能，纵然有过无数的委屈与悲伤，也只不过是在心尖悄悄刻上一道微痕，随几滴清泪自由跌落，入如烟尘土，进混世红尘，变成一股清流消逝。但生命如果失去爱的滋养，指尖再没有爱的滋生，心田再没有爱的滋润，世间所有的繁华都将没有滋味。有暖才会流，否则就是坚冰。

无论是户外的树木，还是室内的花草，总有向阳的本性。生命向暖而生，向光而长，人亦如是。可人未必有花草的幸运，更多的时候要面对酷冷，要选择严寒，要经历薄凉，要牺牲自我，因为那是宿命，那是一种不能太自私的宿命。也许有千万条冰冷的河流要你去蹚，也许有千万座险恶的高山要你去爬，纵然天寒地冻、万里冰封，唯有闷声硬挺，唯有自我坚强，只因生活不相信眼泪。置身于如此冰寒的冬季，唯有拥心自暖，方能不惧风霜的浸染，绝对不要相信"春风啊春风"的呼唤，绝对不要祈求"阳光啊阳光"的到来。你，就是自己的太阳。

冬阳西下，逐渐呈现一种浑黄与血色，试图取暖的动物们，回到了自己的来处，老人们依旧裹着棉衣蜷缩在沙发上，依旧门窗紧闭，依旧山鸟无声……一切依旧。本想静听一帘春雨典藏于心之一隅，本想看满天繁星深藏于台历、日记，无奈，冬天就是冬天，不会因阳光而改变。天地轮回，由不得你的喜好。人生第一哲学就是学着坦然面对，以一颗淡然之心，渡红尘之劫；以一颗火热之心，化凄凉之苦。无论多少苦不堪言，也无论多少无奈心碎，都只能凝结成晶莹的泪，滑落于脸面。也许我们奋斗的努力会散落于尘埃不再留痕，也许走散的人再也不会出现在转角处，也许缘分总会湮灭在红尘渡口，以后不再有任何交集。

冬阳，一杯无味的酒，一首无言的歌，一幅无色的画，一本无字的书……

雪，冬天的那点念想

天怜人意，2018 年的最后两天，下雪了，终于下雪了。如今，南方人盼雪胜过了盼过年，因为"年年过年年年过"，但未必"年年过冬必下雪"。

习惯了根据天气预报来过日子的人们，几天前就在微信朋友圈里为会不会真的下雪打起赌：一边怀疑天气"预报"，因为它常常骗你没商量；一边又坚定地相信"科学"预测。"一定会下的！""会不会下呀？""真的会下吗？""怎么还不下呀！"……苦苦地期盼，只为那点可怜的念想。

好在老天爷并没有捉弄大家。一大早，微信上就晒出了各种雪景照片。一间草房、一垄田地、一片屋顶，披着白色的衣裳，那是无限的静；雪花纷纷扬扬、飘飘洒洒、柔美翩跹，那是多姿的动；任意东西、风烟俱净，那是一场旷世的约定。

翻身起床，拉开窗帘，一片晶莹剔透的白映入眼帘，湿湿的香气直润心坎，人顿时清爽起来。下得楼来，门前屋后走走，拍几张照片，铲几锹雪，让温热的指尖划过清冷的柔雪，有意让雪花钻进鞋子，冰冷的感觉快速地从脚部蔓延开来——对的，就是这种感觉。

　　小时候，我是很讨厌下雪的。每每冰天雪地，上学就会成为问题。当时，我没有现在的高靿儿雨鞋，只能穿"木屐"，到了学校，脚基本上就冻僵了，一上午的课，就只能靠跺脚取暖。如果遇上一场大雪，积雪足有一尺深，"木屐"也不管用，就踩着自制的"高脚"去上学，实在是太冷了。下课铃一响，我们就玩"踩高脚挤油渣"的游戏：几十个人踩着"高脚"倚墙而站，拼命往第一的位置上挤，许多人在此过程中会倒下，甚至倒成一堆，虽然很危险，但大家乐此不疲，因为一场游戏下来会全身发热，甚至满身大汗。这就是我们对付冰雪天气的方法，虽苦楚但快乐。一场雪，也许就是一场人生境遇，只有把自己的手送到自己的嘴边哈哈气，才会演绎出生活的浪漫，在一个个关于雪的游戏里，体味那份童趣。如今，我只是痴痴地望着飘落的雪花，多少离愁，多少挂念，多少哀叹，悠然而久远。记忆的沙漏自动反复，把渐渐潮湿的思绪泛化为一泓城池的忧伤。

　　记得有一年过春节，下了大雪，全家准备去亲戚家拜年。那天，我莫名其妙地无比激动，想跑到屋外去玩雪，结果在过门槛时摔倒，把新衣服弄脏了。父亲二话不说就是一棍子，当时真的很痛，但我真的从来没有因此埋怨过父亲。在那个年月，一件新衣服意味着什么，现今的孩子们是无法理解的，何况那个年月，谁能有赏雪的浪漫？那些褪色的旧梦，经常会被飞舞着的雪花再度漂白，在这个一季轻寒的日子，严厉而深沉的父爱，已然无法被那份过往流年悄然带走。我听到了雪的呓语，无可奈何地说着戚戚幽冷，飘曳在空无一人的夜晚，我再也听不到父亲的责骂声了……

不知从何时起，雪，竟成了我们的一种奢侈品。也许，人性的匮乏，就是一切价值的根源，人生所谓的意义就在于追求那些"可遇而难求"的东西。当下雪也成了人的一种奢望，我不知道这是人的悲剧还是世道的悲凉。逝去的时光，远去的人，一切不复存在的意义，如果能像雪花一样落在一个不太冰冷的角落，就会伴随着生命的融化，消失在曾经的日子里，然后又孕育出曾经的曾经。远方已然白茫茫一片，即使山下满城灯火，也显得多了几分禅意和空灵。无论如何，雪花轻轻地落下，飘来的都是心里的纯好。

在这个俗世，也许裸露着太多的污垢，阳光无法将之焚烧，雨水无法将之洗涤，唯有漫天飘舞的雪花，才能掩埋掉这世上所有的丑陋，给人间一个洁净的面容。可已有多场漫天大雪降下，为何还尘垢依旧？太多的责备与埋怨，只能堆积恨的尘土，不如仰起脸，让雪花飘落到发上、睫上、唇上，让那一刻的冰凉化着温润，生出几多爱怜和快意。人如雪花，雪花如人，就一瞬，就一刻，透明而飘逸，自在而安详。何求？何求？

谢谢你，今冬的雪，且待春回大地，万物静好！

今冬欠我一场雪

久居湘楚之地，颇为自得，只因这里四季分明，该冷的时候冷，该热的时候热，犹人有喜怒哀乐，无遮无掩，真情洒脱。眼下，过两天就是立春时节，仍不见一片雪花。今冬，注定要欠我一场雪。

小时候，每遇一场大雪，总是犯愁如何上学、如何取暖，而父母特别高兴，说是"瑞雪兆丰年"。到后来才明白，这是农耕社会的"理念"：雪意味着土地湿润，地下水充足，来年不会出现干旱；同时，几场大雪，持续时间长，可以冻死害虫和病毒，农作物就会长势好，家禽不会犯瘟疫，人不会生病。可如今，生态被破坏了，地球已经千疮百孔并且不断升温，气候变暖，雪就少了，而各种病毒就多了起来。今年冬天特别漫长，也特别压抑。如果此时能下一场大雪多好，可以对窗心绪重，尽看人间天上，物是人非，雪染华发冷；可以长跪于雪地，祈祷上天，华佗再世，驱赶瘟神；可以尽情朗诵"独有英雄驱虎豹，更无豪杰怕熊罴。梅花欢喜漫天雪，冻死苍蝇未足奇"；可以用无数双手捧起飘舞的雪花，寻找到灵魂深处至纯至美的皈依，让那些丑恶的面孔无处躲藏。大雪之后的故事，依然是春暖花开。一场雪，其实有时就是一次对污浊的清洗。

初冬的时候，曾幻想下一场大雪。静候窗前，看雪花悠扬飘转，徐徐旋落而下，最好能把整个房顶、屋檐、树梢、草地、栏杆全都撒上一层白。然后，走到屋外，伸开双臂，让所有的过往，如洁白的雪屑，从指缝中一片片飘落，悠悠然去填满内心无数的沟壑。还想捧起一大把雪，挤压成一个雪团，放进嘴里，去体验儿时生活的清凉。一片雪花，也许因了时光的晶莹，无法撑起整个冬天的记忆；一大坨总够了吧，那是数十个冬天的凝结，有雪花无法承载的思虑与忧心。也许，还可以堆一个雪人，用无数的想象去装点，或者收拾一份怀想，种在岁月的深处；或者珍藏一种约定，等待明年白雪飘飘的季节；或者许诺一个期待，能在深冬里，让岁月凝落成手心上的一瓣阳光，升腾出清浅的暖。其实，当冰雪消融时，那个无辜的雪人就是最无辜的自己，人是永远无法逃脱自我想象的。想象自己，穿一件崭新的衣裳，能在大雪后的雪地里肆意地行走，越来越远，直到把所有的灰暗与委屈，都留在走过的脚印里。无奈人生匆促，始终握不住指缝间穿行的流风，那些隔山隔水的美好，又岂是今生能够翻越的高山？只期望，有一场大雪把自己埋得很深很深，逃离这个险恶的世界。那样，生命的热能也许才会在旷寂无声的世界里升腾起来，伴随着冰雪融化的清冷，或悠远，或凝固。一场雪，有时就是一个梦幻。

去年的这个时候，我写过一篇《雪，冬天的那点念想》，足以说明，如今人们对雪的渴望远远胜过对节日的期盼。我也不明白小时候为什么有那么多的下雪天，总是给上学带来困难。每逢下雪，路不好走，总会迟到；到校后又没有取暖设备，冷得手脚都生冻疮。雪成了灾难、痛苦的象征，有时还是体罚的利器：调皮捣蛋的学生总会被老师放到雪地里罚站，回家没有顺父母的意也会罚站。现在细想，罚站雪地，不无道理，冷可以刺骨，冷可以醒悟。可时序更替，想不到当年的惩罚会变成今天难得的享受。世道与苍生，多么需要一场暴雪呀，需要渗到骨子里的冷疼。站到雪地里去吧，该清醒了！大半世的人生，功名利禄，不过大梦一场，还有什么难舍的眷恋？还要什么虚伪的成熟？让所有缀成一个个尘封的故事，染满风月的沉香，沦为荒凉的古意。这世道，风云变幻，人类正在从整体性贪婪中走向生死的怪圈。看似辉煌的，其实是沉沦；看似进步的，其实是倒退；看似美好的，其实是堕落。我们天天品尝着自己亲手制造的苦果，一步步走向自掘的坟墓。如果此时有一场雪，嗔痴、虚妄、狂欢、偏执、愚昧、虚伪，会化着千里冷冽，埋葬在寂静的山河。也许我们早已习惯于器物层面的狂癫，早已无视文明层面的邪恶，早已遗忘了彼岸花繁的邀约。能下一场雪多好，可以将全部的心迹，寄托给风吹雪落的清隽和雨水洗过的明亮，期待春回大地。一场雪，有时就是一次冷静。

　　其实，在冬的世界里，真的不需要太多的颜色，有雪白就够了。可现在，湖南的冬天很少下雪。偶遇几片雪花，就会产生苏东坡式的冲动："几时归去，作个闲人？对一张琴，一壶酒，一溪云。"似乎不喝点酒，对不起这几片雪花，体验了"孤灯夜语阑珊，对酒当歌，怨愁心境"，才算是过了冬。可今年冬天，又偏偏少了许多喝酒的机会。生命的恒长里，有太多太多的背负，只能深沉于打捞不起的海洋里了，犹如已经没有酒量喝下这最后一杯。也曾期待"待得花开迟暮，我愿素颜归秋"，可如今，花已残，叶已落，冬已至，但雪未飘。不要怨我多愁善感，今年的冬天，实在是有些干冷，就像一个酒徒拿着一个空酒瓶干耗。这样的寒冷不该属于冬吗？我无意心生积怨，只是遗憾没有大雪飘飘的这一天。冬雪，对于苍生是一种怎样的情结，不得而知，但可以肯定的是，寒冷与烈酒相加，自是一种生命的爆发。既然心在这个冬天里无法深深地皈依，皈依成寂寞，皈依成清婉，何不喝个酩酊大醉，在这个薄情的世界里，执着、独立和倔强地活着？久醉于斯，一觉醒来，顿感"月冷长河霜雪戏，秋与谁依，冬与谁依"。一场雪，无非一场大酒。

　　今冬，欠我一场雪，何时还，我不知，天知。唯愿岁月清简，山河安然。

年　味

年味是一种人情味

在我的记忆里，我只有一次没有回家过年。那年为了考研，我征得父母同意，没有回去过年，而是寄宿在一个老乡家里备考。其实过年那几天我根本看不进去书，也记不住任何东西，脑袋里全是家里的年味。我的家境虽不富裕，但哪怕几块肉骨头煮白萝卜也足以让我感到幸福满满，因为那里是家，那里有生我养我的父母。我们这一代人恪守着"有钱没钱，回家过年"的古训，也把"父母在，不远游"作为人生需要遵循的基本准则。过年时，必须跟父母在一起，这是亲情的凝聚，这是人伦的约定，这是责任的体现。因为在岁月的深处，总有一些必然的记忆会植入人的心脉，当有一天父母不在了，不知去哪里过年的感觉会时不时地在心口上生出隐隐的痛。今日总要老于昨日，总是这样匆忙得无从挽留。与其后悔，不如让每一次短暂的陪伴植入灵魂，去消解对父母一生的愧疚。在这个凉薄的世界里，报答养育之恩是我们活着的最大理由，亲情是我们最好，也是最后的依靠。人情味浓，年味才会浓。如今，年味渐淡，但愿人情味不减。

年味是一种烟火味

我们都不是圣人，我们都是俗人，这种"俗"才能彰显人性、人情与人缘，才能把生活过出烟火气来。过年，总是让我想起乡村的热闹、邻里的热心，还有灶上的燃烛焚香。一缕缕烟火仿佛能治愈漂泊一年产生的伤口。人生不如意之事十有八九，而讲究烟火气的人无论身处何种境地，总能在柴米油盐里找到对生活的热忱。有一年，大年三十那天父母还在出工劳动，因为那是"农业学大寨"的年月，我和姐姐在家预备年饭。所谓年饭其实就是用五斤猪肉（凭票供应）煮白萝卜。下午我就开始烧柴火煮，那个香味实在是太诱人了，没等父母回来，我就偷偷吃掉了一斤多的肉。原以为父母会打骂我，结果并没有，相反，父亲的眼睛有些许湿润，他一定在想：这孩子多可怜，太需要吃肉了。母亲把剩下的肉做成了回锅肉，加几道自制的青菜，年味就出来了。有人说，人一辈子喜欢吃什么，一定与孩提时的味道有关。那时，我特别羡慕别人家有猪脚炖油饺（麻花）吃。是的，猪肉成了之后我一生的最爱。一生的口味也许就是天定的，源于我们跟父母的血肉相连，源于人生的这场遇见。人生路上，既然月色无法慰藉征途之苦，就应抛弃那些曾经的虚假之痛，让心灵的天空少一些浮云，多一点烟火的柔情和向往。

年味是一种世风味

"年年过年年年过，过了一年又一年。"单从过年的形式和风俗来看，每年似乎都没有什么区别，而从人们的语言交流和面部表情上，则可以看出这一年的光景、心情，甚至整个世道与世风。令我印象最深刻的是 1980 年的春节。那年，我们生产队开始实行联产承包，农民的积极性被调动起来了。我们家除了经营几亩田，母亲还去父亲所在的农机站打点零工，还可以摘些茶叶，家里经济状况有了改善，加之我上了大学、姐姐进了茶厂，这是我们家的"鼎盛"时期，所以母亲连走路都哼着小调。那年春节，许多邻居通宵放鞭炮，那真让人从骨子里感到开心。当然也有些年份，团年时候说话的声音小了些，大家甚至欲言又止，透过表面的热闹，能看出少许压抑。几杯酒下去，还伴着些唉声叹气，当然，更多的是对来年的期盼。在没有电视、更没有春晚的那些年，我家总是在"烤火"中过年，这叫"有呷没呷，烧垛火扎"（益阳方言，意思是不管有没有吃的，反正要烤火过年）。一家人围着火盆，顺便也开一次家庭"总结会"。父亲总要聊些他所了解的"国际国内形势"，并要求我们几个孩子谈谈来年的打算。这样也好，来年的第一篇作文就有基础了，因为那时上学，第一篇作文的题目都是"新学期的打算"。我如今做事的计划性和条理性也许就是从这种"家庭会"中培养出来的。父亲"挨批斗"的那几年，他一气之下重操旧业干木匠去了，就很少开"家庭会"，他只是默默地煮茶、烤火，一声不吭，我们也只能早早睡觉，年就这样过了。这样的年份像是漫长的冬季，每个人会被阴冷浸泡很久，仿佛活在某个容器中，经受灵魂的考验，在如同冬眠的幻觉中祈祷来年。

年味是一种春天味

过年总是与"春"离不开的，过春节、新春佳节、写春联、闹新春，都是印证。其实并非"节"带来了"春"，而是"春"给"节"带来了欢乐与希望。是呀，人是靠希望活着的，哪怕是在临死前，人们都还在期许。正是人的这种"自欺"才促成了自身的延续和所谓的"快乐"与"幸福"。想象使人快乐，而春天赋予人们想象。我们总想，来一场倾城白雪，让一颗心承载上苍最纯洁的恩宠，将所有梅红点点的遇见，装扮成岁月静好的风景画。我们总想掬一缕月光洗涤征尘，让疲惫的心灵感到舒爽，然后喜看雨后复斜阳。我们总想，在一个静寂的午后，一个人走走那条幽僻的石板路，在如织的落雨中，找到一个空间，只属于自己而又能通向另外一个世界。我们总想，能拥有自己的一座庭院，能透过院外的柳丝以及上面落着的数点鹅黄，去猜测春的妖娆、夏的喧嚣、秋的丰盈，还能在大门的"吱呀"声中，见到那个想见的人。可生命的实际存在是不能靠想象来完成的，需要的是身体打磨和灵魂历练，静心见从容，从容见定力，让生命在无尘无色中回归本位，方为正道。"昨夜一霎雨，天意苏群物。何物最先知，虚庭草争出。"借孟郊的这首《春雨后》，祈祷这个世界能在夜雨淅沥后洗尽铅华，光耀大地。

时光如梭，逝者如斯。过年早已不再是一件新衣服、一顿吃喝、一挂鞭炮、几张压岁钱的事，而是一种约定、一种遇见、一种考验、一种希望。年味如风，渐近亦渐远，只求人性、人道、人味犹在。

兰花开了

　　这种每天几乎没有任何差异的日子还在重复着，已经快五十天了：早晨看看朋友圈，上午阅读专业书籍，下午和晚上写作，与此同时还不停地在"当当"上购书，因为在好书中总能发现更好的书，每一本好书总是无数本更好的书支撑着，没完没了，永无止境。

　　人是适应性超强的动物，社会性也罢，群居性也罢，交往性也罢，都只不过是自己的借口，每天不出门又如何，没有社交又如何，不开会、不听报告又如何？一样挺好。内心反而要宁静得多、舒坦得多。真担心自己已经不适应上班、上课和开学术会议了，甚至会有点怕见人。

　　生活空间小了，自然就会"目光短浅"。目光短浅好呀！许多不曾被发现的东西就会被发现了，一些平时认为没有用的东西突然觉得是宝贝了。

看书看累了，我只能在屋子里转悠。有一天，我突然发现养的兰花开了。这本是自然之理，也是生命之机，可对于我来说，实在是意外，是惊喜。我本粗心之人，不懂花草，也无兴趣。自从书房扩展了面积，为了能与中式装饰风格"配套"，我特地在网上查找资料，看看可配哪些花草，最后选择了兰花。君子兰、墨兰、蕙兰、酒瓶兰我都养过，只有酒瓶兰，我养了四年，至今生机盎然，其他品种基本上是种一盆死一盆，只能靠经常换才能保持室内的生机，更别说是开花了。

我不懂兰花，养兰花多少有点附庸风雅。我天性不喜欢逛商场，进去就头晕，但会经常去离家不远的青山花卉市场看看。一般我一进门就问"兰花多少钱一盆"，我不喜欢讨价还价，交易起来总是很爽快。交易多了，老板跟我也熟了，会主动给些优惠，并教我辨认一些兰花的种类和一些种养方法，还要我下载一个叫"形色"的 App，可以分辨出各种花草的名称，见识自然也多了起来。

兰花的特点就是香，与书香"合味"，这是我最喜欢的。如果再点上一支"藏香"，那简直是入了仙境。所以古人形容它"兰之香盖一国"，有"国香"的别称。听说广州的云台花园号称国内三大著名观赏性花园之一，无论是在兰花的插花室还是在兰花名品荟萃的温室，余香悠然，加上兰花高尚纯洁、清雅脱俗的优美形象，让人流连忘返。如有机会，还真得去看看。

兰花之所以有"花中君子"之称，并且形成了"兰诗、兰画、兰书"的民族文化瑰宝，可能是与历史上的一些儒学大师以花悟事、以花移情、以花寄志有关。据说孔子就经常教育弟子结识有兰花品格、特点的人，"与善人居，如入芝兰之室，久而不闻其香，即与之化矣"。当他政治上不得志时又以"芝兰生于深林，不以无人而不芳"自勉，并以兰花自喻为"贤臣"。屈原在许多作品中也描写过兰花，寄托着他的人品与人格，他在《离骚》和《九歌》中对兰花的描写，成为后世文人对兰花描述的范本。传说朱熹同样喜爱兰花，曾经随意种了几株兰花，为不使它们受到意外伤害，特别编织了几幅竹帘围了起来，还是不放心，特意写诗铭志，"可能不作凉风计，护得幽香到晚清"。楚楚爱心，可见一斑。

在传统文化中，修正人之兰，养正人之德，求正人之风，是一种高贵的品性，享有"花之正人"美誉的兰花，自然成了文人们的喜好之物。但喜好终归只是喜好，作为自然之物的兰花，并没有给这个世道带来什么正气，喜好兰花的文人们最终也只落得个孤芳自赏的下场，何况还有那么多只爱"大红花"的人。在天灾人祸来临时，那么多自诩为知识分子的人中，只有极少数在发声。我们不缺有良知的人，我们缺有良知又勇敢的人。当国民出现普遍化胆小与怯懦时，谈何创新？谈何强大？

兰花开了，开的也仅仅是花，不是树木，更不是栋梁；兰花开了，还仅仅是一花独放，还不是真正的春天。

洗　脚

　　长沙市井流传着一个笑话：拿一张北京地图，用针插三下，可能点中一个厅局级单位；拿一张上海地图，也用针插三下，可能点中一个世界五百强在上海的分公司；而拿一张长沙地图，还是用针插三下，居然戳中了三个洗脚店。的确，长沙不仅是娱乐之都、美食之都，还是赫赫有名的"脚都"，所以，这里叫"快乐大本营"。

　　长沙的洗脚业兴起于 20 世纪 80 年代初。特别让人难以理解的是，原本盛行于东北的洗头、洗脚却在长沙如此火爆。据说，长沙大大小小工商注册的洗脚城、洗头屋、洗浴中心有一万五千多家，比北京、上海、天津、重庆加起来还多。许多外地人一到周末就来长沙玩，都会把洗脚当成必选项目。长沙人招待外地人，如果不请洗脚，是很不周到的。有时为了陪好一波一波的客人，主人可能要洗上三四次脚，问题在于，所有人都不觉得多余，反而很享受。

长沙人对洗脚按摩的确情有独钟，男女老少都喜欢。晚饭后或周末，有的甚至全家出动去洗脚，作为融洽家庭关系的重要举措。几年前，有的单位甚至组织集体洗脚，作为"单位福利"。长沙人请客人吃饭，总要十分客气地问问客人"饭后搞点么子活动"，一般都会说"洗脚吧"。如果洗完脚后再唱唱歌，唱完歌后再吃点夜宵，一条龙服务，这就算比较完美、客气地接待了。完成这个流程估计也要到凌晨一两点了，赶紧回家美美地睡一觉，第二天精神抖擞去上班。长沙人就这么快乐地生活着。

作为"脚都"长沙市民的我，应该是"第一代脚民"了。我第一次洗脚是在一个叫"湘水"的足浴室，那时那里非常简陋，价格便宜，大概十五元——如今已经涨到两百多了，我还在坚持去，实属"专一"呀。洗脚的招式也由单一的捻脚，扩展到了捻脚、按摩、推油等。时间从原来的一个小时拉长到了一个半小时甚至更长，环境也越来越好，装修堪比五星级宾馆了。人的欲望真是无止境呀，在一个欲望得到满足后就会产生一个新的欲望甚至多个。市场经济其实就是欲望经济，人有什么样的欲望就一定会有什么样的市场。产业在哪里？产业就在人的欲望里。市场的动力与活力在哪里？也只能在欲望里。不正视人欲，不研究人性，经济学家们玩的那些概念也只不过是"花招"而已。

其实，洗脚并非仅仅是养生之道、待客之道和经济之道，

106

更是"尊下"之道。人的脚支撑了身体和脑袋，离开了双脚，腰是直不起来的，更谈不上什么"骨气"了；离开了双脚，脑袋就立不起来。当肢体享受了快乐，当五官享受了"五福"，只有脚在默默地承受，只有脚在苦苦地支撑脚以上的"风光"。善待脚、关注脚，就是重视基础，就是关注脚下。"眼睛向下"不是一句空话，就是要自始至终关注"下脚"而不是"上头"，就是要真心实意心疼"脚夫"，而不是坐轿的"老爷"。

洗脚也是务实之道，这就是我们常说的做事要"脚踏实地"。其实，脚是用来立地的，脚不立地，就是没有发挥正常功能，没有"立地"哪来"顶天"？许多人只想做"顶天"的英雄，不愿做"立地"的"蚂蚁"，结果天没有顶上去，反被塌下来的天压得粉身碎骨，相反"蚂蚁"会活得好好的。即便顶上去了，如果脚力腿功不够，同样避免不了粉身碎骨的结局。脚是始终不能离地的，一旦离地，那脚只能在空中"划"，有些人的脚始终在"划"而不落地，并嫌"划脚"不过瘾，还要"指手"，"指手"与"划脚"联动，形成一道独特的生活景观。其实，我们与其学习"指手划脚"的"本领"，不如练就扎实的"脚下"功夫。脚是基础、是根本、是前提，如人、如群、如事，概莫能外，由此，"挖墙脚"成了害人、坏事最狠毒的一招。

脚是身体中最重要的构件，也是一种悲剧性要素。除了要承担负重、支撑、前行这些苦力外，结局也是最惨的。医生告诉我们，人死的时候总是先从脚开始，从脚到心脏再到大脑，无论心死亡与脑死亡孰先孰后，脚肯定是最先死的。脚的稳，始终难以换来身的放下；脚的苦，无法唤起心的同情；脚的实，甚至成了脑的障碍。因为在身段、心胸与大脑看来，脚无非它们天然的"垫石"和牺牲品。脚，始终也只是生命这篇大文章中置于下方的一个"注"，是社会这个庞大机器中的一"角"。真希望上帝重新造人，造一个"头立地、脚顶天"的人。

记忆中的老屋

喜欢回忆是人老的标志，人渐老，回忆生命中的点点滴滴，就成了生活的主题。在这些点滴中，住所是最具回忆价值的，因为它曾为我遮风挡雨，曾安顿我的灵肉，曾是我生活的"原点"。老村落、老邻居，都已老得一塌糊涂甚至面目全非，依然会在我的时光里摇曳；一幅老画，也是时光打磨过的心灵迹象。

在我的记忆里，我的老家有过两个老屋。一个老屋在一个叫作干夹冲（村）的地方。这个老屋据说是一个叫李翰湘的地主的，新中国成立后就被分给了贫下中农。我父亲8岁成了孤儿，根本无法自立，只能在这个地主家以放牛为生。因爷爷、奶奶去世后留下几亩田，1950年农村划分阶级成分时，父亲得了个"下中农"。别看是"下中农"，上学后，我填写各类表格时还是有些"羞耻感"，总感觉没有"贫农"那样"根红苗正"、那样"六根清净"、那样"革命"、那样理直气壮。

我家的老屋是整个宅子中的两间，另外还有四家，都姓陈，只有我们姓李，分别属于两个大队（横马大队与牌楼大队）。因地主李翰湘被划到横马大队，所以后来有邻居就说我家分得的那间是他们队上的，要收走，为此经常发生争吵，母亲为此常常气得直哭，好在另外两个姓陈的兄弟站在我们家这一边，我们才能一直住着这个房子。印象中，父亲特别关照这对兄弟，甚至老大找对象、结婚，都是父亲亲自张罗的。后来，我们搬出这个村子，兄弟俩还是我家的常客。我考上大学后，放假回家也总要去看望他们。

这座宅子是传统的江南建筑，房屋呈"匚"字形，坐北朝南，前面有封闭式围墙，并且"黎门"（益阳话，实为围墙门）正开，并配有麻条石阶基和路基，除两头的青砖墙外，其他都是木质结构，卧房都是木地板。这在当时当地应该是比较好的宅院。不过后来没人维修，围墙很快就倒塌了："黎门"被毁，石头、木料等不声不响地成了邻居们的私有物，一片乱象。邻里间经常因为宅基地吵架，有的邻居干脆把伙道挖了种菜。

我家位于房屋的东头，实为东西朝向，正房两间，因为不够用，所以在侧面加了一个偏屋，益阳话叫"偏厦子"，用来做厕所和养猪。房屋后面是一条小路，是几个村的交通"要道"，特别是去供销社买东西或者小孩上学，都必经此路。

在这个老屋生活的那些年，我们家的家境一直不顺，全家人经常生病，煮药没有停过，还病死了一个弟弟（兆书）和一个妹妹（福满），父亲也是在这里患上冠心病的。我也差点病死了：听母亲说是父亲的一个兽医朋友给我打了一针，我又醒过来了——原本是准备埋掉的。真的没有想到，是兽医救了我的命，莫非与我属猪有关？有时生命与生活的残酷叫你不得不相信"生死有命，富贵在天"的歪理。在拆老屋建新屋时，在墙里发现了一只药罐子，据说是当时建房时地主李翰湘小气，没有招待好做工的师傅，师傅故意害他。

我不太清楚我们家是什么时候搬进这个老屋的，大概是1959年。姐姐记得很清楚，我是在父亲寄居他处时出生的。爷爷、奶奶去世后，住房被人霸占，无处安身，只好寄居在一个叫华二嗲的人家里。这个华二嗲心地善良，有儿有媳，儿子叫李端阳，我们叫他"端嗲"，叫他媳妇"端翁妈"。"端翁妈"待我父亲如儿子一般，不但收留了父亲，还腾出一间柴房，让父亲成了家。母亲的娘家也算大户人家，母亲虽然读书不多，但知书达理、勤俭持家、为人热情忠厚，自然为父亲获得了许多人际资源。成家后的父亲开始受人尊敬，并当上了大队干部。自我们搬进干夹冲这个老屋后，家里一直不太顺，1977年，父亲下决心要搬出干夹冲。只可惜，我们在那里住了那么多年，连一张照片都没有，留下的只是心里的记忆，希望能通过这点简略的文字，把这种刻骨铭心的记忆传给后人。人生悠长的苦乐，大都与记忆有关。哪怕一处老屋、一堵斑驳的老墙、一块断离的瓦片，也会在你的心中停留半天。只要这无言的光阴停留于此，何必问东西，何苦归因果？

如果说第一个老屋带给我们家的基本上是霉运，那么，第二个老屋就是我们家的家道顺势兴旺的开始。

记得父亲在寻找房屋新址的时候跟我说，一定要搬到地势高的地方，因为原来的老屋阴暗潮湿，特别是到梅雨季节，地面上都冒水，要经常撒灶灰走路才不会滑倒。在这种环境中生活，不经常患病才怪。父亲看中了李梅生（我们叫"梅哆"，亲缘关系没有过三代）父辈的一块老宅基地，那里当时已经是生产队的公用土地。那时，建房是大事、喜事，大家都支持，没有人为难，也不要什么审批程序。这块宅基地地势相对较高，应该是整个队里地势最高的，视野开阔、坐北朝南，左边的夹沟长满了竹子，后山是我们家自己的菜地，前面有一棵梧桐树，尽管面积不大，但非常气派，全家人都喜欢。我们就决定在这块地上重新"安营扎寨"，这个地方也就成了我们的第二个老屋。

我对第二个老屋印象深刻，因为我自己也参与了建设。那时农村建房的材料主要是土砖、木材、瓦（大都用稻草）和少量石头。父亲那时已经在公社茶厂工作，没有时间，地基是我和母亲在劳动之余利用早上和晚上的时间挑出来的。土砖是请队上的人帮忙打的。我老家的土砖其实不是用土制成的，而是将田泥掺一些草填进一个木盒里做成砖坯再晒干。还记得当时打砖，因邻居家的小猪仔出来踩坏了一大片砖坯，母亲气得大哭，只好第二天重做。建房的木材父亲买了一点，因老屋大都是木结构，也可用一点，没有花太多力气。石头就不一样了，我们的所在地是黄土坡，根本没有石材，只好到石井头的河里去捡。我和父亲捡了一整天，从河里挑到岸上，又挑到公路边，再租用公社的拖拉机，运到建房的地方。因父亲身体不好，我自然就是主力了。房屋有两间正房和一个拐角，正房为卧室，拐角为仓屋和厨房，在厨房窗户边还搭了一个"偏厦子"，用来养猪。原来的老屋是瓦屋，但在拆迁过程中有很多损坏，建房材料不够用，只好用上了稻草。父亲讲究，房屋正面用的瓦，背面用的稻草。在砌墙时，正面也是用的红砖，其他都是土砖。那时农村建房看似简单，其实过程很长，因为没有现在的先进设备与技术。令我印象深刻的是，在建房的过程中，有一次下大暴雨，因担心房子没有建完就垮掉，我和父亲在自搭的一个草棚里守了一整晚，不停出来查看，生怕墙倒了。也就是在这个晚上，父亲第一次对我讲了他的身世，我听着，眼泪像棚外的雨一样流。

我们可以不相信风水，但要改善人居环境，这是科学，要尊重。1977年下半年我们搬进了新家，感觉一切都顺了。姐姐在1976年进了茶厂。1978年高考我初试上线，虽然最终没有被录取，但提振了复读的信心，1979年正式考入湘潭大学。弟弟也聪明，学习成绩好，父母都很开心。1978年分田到户，农村的活力被激发了，母亲除了种好自己的田地，还去摘些茶叶，养了两头猪，收入增加了，日子也好起来了。我每年放假回家都会帮助母亲搞"双抢",家境一天天好了起来。我们家因为地势高,每到夏天晚上,邻居们都喜欢来我们家院里乘凉,加上母亲又特别好客,家里自然十分热闹。我后来结婚,父母坚持要在老家办婚礼,所以在房屋的右侧又增加了一间屋子。因经济条件好了,全部用的是红砖加红瓦(大片的那种),房屋也就"阔气"了点。

搬进新屋之后,唯一让人揪心的是父亲的身体一直没有好转。父亲去世之后,坚强的母亲一直坚守着家,守护着这个老屋,直到生活难以自理后住到姐姐家,从此老屋就开始破落了。尽管我每年春节和清明都尽可能去给父亲上坟,顺便看看老屋,但老屋终究是南方的泥屋,经不起风吹雨打。经过岁月的轮回,斑驳的土墙终究还是破败了,黄色的土,滑落的木头,裸露着无尽的沧桑。曾经绵绵呢语的燕巢早已不在,还有那些麻雀停留过的瓦楞,也不再有一寸光影,偶尔闪过一只幽灵般的野猫,更添了些许苍凉。特别是近几年,老屋已经没有了屋的模样,只有杂草和毛竹的交织。

时光破败了老屋,而老屋唤起了我的记忆。多想把这种记忆,一层一层地剥落,放进茶水里,慢慢品出一丝甘甜、一丝苦涩。当茶水渐渐冷却,我再不能像一粒沙尘一样悠悠然地飘过。我更无法忘记老屋,需要一个新的老屋来填充。我想再一次敲开老屋的大门,像父母一样,晨起而作,日落而息;再一次像少年一样坐在青绿上,仰望对面的那座山,幻想着幸福是不是在山的那边;再一次躺在家乡的泥土上,掐一叶草尖含在口中，吹出小调，静看天空中那洁白的云朵，看草丛中那翩翩起舞的蝴蝶……

我了解自己，根本无法看破红尘，只图让浮躁的心安逸在老屋里，推窗掩卷，静守一树蝉鸣。

叶不知秋

感觉这大半年一直生活在"抗疫"这个不变的主题下，全然不知时序更替，更不觉冷暖。直到有一天，有人惊呼"漏秋"，我才从那麻木的春夏混迹中惊醒过来，啊！秋天来了吗？我们常用"一叶知秋"来说明秋天到来，而通过一叶果真能知秋吗？

也许，我们习惯了，用生命的年轮去应付一季的守候，又用四季轮回去写满生命的期望。可哪有永留残香的花事？来不及去品味春的烂漫、夏的狂热和秋的实韵，就已是冰天雪地，叶在哪里？叶来叶去，生息归尘，无法逃脱它必然的流逝，何来对外物的感知？与季节何关？

一枚桐叶，在我的眼前轻轻滑落，轻薄得没有丝毫分量，只有映入眼帘的一抹瑟黄，一道清瘦的叶脉，仿佛在提醒我：一叶知秋，季节要开始渐渐走向荒芜了。我仰望天空，天那么高，一时竟然不知谁赋予了它如此的厚度；云那么白，竟然不知它何来如此的纯度。当我俯身去拾起那片黄桐叶时，竟不敢用力，将其置于手心虔诚地托着，任它清晰的脉络与掌心纠结的曲线重叠纠缠，担心它再次飘落……

秋早就预谋令叶苍凉俱黄，落木萧萧下，跌落于某个林荫道，或任人踩踏，或隐于草丛，等着腐烂，滋养树木，希望来年获得重生。满地的秋意，只有秋的苍凉执念。叶，真的无依无靠，装点枯枝、烘托红花，却唯独没有自我。

在我们的正常思绪中，生命最美的姿态，就是在风起的时候，一颗心像一片树叶，携着一份脱离繁华的孤傲轻盈飘坠，然后于忆念深处，开出一朵素净的花来，最好能变成一颗种子尘埃落定。可这一切，并不发生在秋的季节，相反，叶的剥落，也许是在春雨后，也许是在冬雪中，也许是在夏阳下，没有任何主动感知，只能任天摆布。

如果置于庭院，残枝败叶随时会被清理，连同所有的希望与陪衬，无情地被扔进垃圾桶。叶，真的很无常。当我们还畏惧于屋外的"秋老虎"而蜷缩于室内享受着清凉，偷听着窗外步入浅秋的微风一阵阵地吹过，落叶飞舞成蝶，难道没有于红尘中写就的一阕素白心事？每年逢秋，在漫长而沉沦的光阴中，我们只是带着旧日疼痛和洁白期冀的孩子，那么无常、那么幼小，怎会去思虑那成千上万的秋叶？

其实，秋天也未必是一个不断沉淀的季节，在繁华与凉薄的交织中，明艳的痕迹终将渐次隐退，那些自然风物，哪怕是残枝败叶，也会在能自我主宰命运的快意中变得闲适起来。只是，当你经历无数的秋事后，再拾起一片秋叶，抚摸它的残痕，也无法悟透它的往昔岁月，哪怕是能续一首落寞与沧桑的歌，也难忆起过往的点滴。取悦他者，只能苦了自己的年华，这是叶送给秋的悲怆。对于秋的心绪，有人越来越淡，有人越来越浓。秋是一种忧郁，更是一种无赖，不是叶这种单薄的生命所能碰触的。

唐朝诗人刘言史在《立秋》中说："云天收夏色，木叶动秋声。"其实也可倒过来说"夏色收云天，秋声动木叶"。如果一定要说，是叶的变化带来了秋的味道，那是一种因果的误判。叶，真的很无辜。"何处合成愁，离人心上秋……年事梦中休，花空烟水流。"自然的律动、天造的时序，会形成落花逐秋水的慌乱。我们将人生所有的悲欢，沉淀成人生的隐喻和密码，可还是没有能力去改变那看似淡然平静而实际上生不如死的命运，如同叶能自如地应付那些风沙雨水的过往，却无法改变秋的管控。

叶，真的很渺小，而渺小的东西总在不该渺小的时候渺小了自己，直到彻底牺牲。正如诗人海子所说："在这个世界上秋天深了，该得到的尚未得到，该丧失的早已丧失。"这应该说的就是树叶。当叶子告别树的世界，它选择的最好方式只能是沉默，然后与泥土热吻，让自己的脉络都坠入大地。它不想成为秋的象征，它的宿命只属于风，哪怕是东西南北的胡吹乱刮，也心甘情愿地成为旋风中的一点。因为是风给了它看透世界的眼睛，也是风让它明白如何与这个世界做最后的交接，没有悲伤，没有埋怨，没有告别。

叶不知秋，秋不怜叶，两个世界，何必感知？即便一叶知秋，又有谁知心上秋？

煮 茶

一种生活习惯的形成一定与某种生活的机缘有关。我不知自己到底是什么时候开始喜欢上煮茶的，但一定与慢生活有关，与淡心境相连，与一些莫名其妙的思绪牵扯。

送旧迎新的喧嚣已经消退，2020 年的小寒时节在不知不觉中到来。这一天，北方朋友的朋友圈晒出的是冰天雪地的照片，而南方的朋友则在感叹是如何在 24 摄氏度的小寒里中暑的。这时日、这时序，就是这么难以捉摸。特朗普对伊朗圣城旅指挥官苏莱曼尼少将等人实施了"斩首行动"，世界一片哗然，政治家们估计都有些发毛了，说不定哪天会被"精准"掉，包括特朗普本人。这世界、这人类，就是这么令人无法理解。

这些根本算不了什么，万世一杯酒，千秋一壶茶。在中国文化中，天大的事也不过是一壶茶的事、一杯酒的事，"渡尽劫波兄弟在，相逢一笑泯恩仇"。中国文人移志于茶酒之中，自有其水的"柔"性所致，"心随流水去，身与风云闲"，只要有茶相伴，就一切都无所谓，"春风解恼诗人鼻，非叶非花只是香"。

现代文人背负了太多的东西，说起自由洒脱，根本没法跟古人比。我原本就是一个"粗人"，生活不拘小节，加之以各种"忙"为理由，很少能静下心来品茶，基本上是"速成"加"牛饮"的模式，并无知地认为喝茶的目的无非解渴。直到我的夫人退休，开始学习茶道，经常摆弄摆弄，还买来了与茶相关的书，品得有滋有味。我有点受到她的熏陶，也自己弄来自动煮茶机和手动煮茶机，架在书房，只要在家，我起床后的第一件事就是煮一壶茶，并且专注于家乡的黑茶，还是独饮。虽然无法达到陆游"身是江南老桑苎，诸君小住共茶杯"的境界，也没有这种能力，但独饮与沉思还是相配的。

父亲喜欢煮茶。记得我小时候，父亲为了缓解身体不适经常喝热茶。特别是到了冬天，我们一家人围着火盆烤火，父亲总要拿一个"把罐"来煮茶。因家里穷，烧不起木炭，只能临时找些树枝、树根来烧。父亲是高手，不论什么样的柴火，哪怕是湿木头，他也能把火烧得旺旺的。我们一边烤火，一边听母亲讲她的"显赫"家族史。父亲总是一声不响地用火钳整理着火盆里的柴火，有时把炭灰铺开，用火钳在上面练习写字，就是不吭声。水烧开后，父亲在"把罐"中放上母亲自制的茶叶，为每人倒上一点，然后继续煮第二罐茶，直到把柴火烧尽。父亲离开我们32年了，我再也没有喝过那种香味的茶。尽管现在各种煮茶设备先进，茶叶高档，但总是比不上父亲煮的"土茶"味，也不再有"围炉煮茶"的温暖了。如今，我一个人独自煮茶，只能有"不知茶鼎沸，但觉雨声寒"的感叹了。

每天走进书房，总是先煮上一壶茶，美其名曰"美好生活，从一壶茶开始"，实则是将煮茶的过程变成"今天如何度过"的思虑。人经常是被一些美好的想象、梦想欺骗至死的。其实，当你把生命分解成一分一秒时，会突然觉得得过且过才是实在的人生。想好了的读书计划可能会因一杯茶而耽搁，因为一缕茶香微透窗纱，会引诱你发呆好久。并非每天都会有花开花谢，也守候不了日出日落的所有时光，用一壶一茶一水来烧水煮茶，在键盘的敲打声中过活，也不失为自我的一种意境。梦，始终在远方，但远方渐远；老，意味着与时光的背离，何苦去在意那首关于时光的诗。生命的微澜，已经穿过严冬的冰寒，如羽毛轻轻落在了眉间，哪有围炉煮茶、把酒言欢的痕迹？唯有不死的心在清宁的茶味里复苏。

酒喝多了，回家也要煮上一壶茶。酒能解愁，茶能解酒。望着茶壶里沸腾的茶水越来越浓，随着蒸汽上扬而茶汁下沉，心反而越来越静、越来越淡。"人生本过客，何必千千结？"心烦了，沉下心，闭上眼，只要心有方向；身疲了，立起身，睁开眼，只要身随心走。我们不能把白天看不完的风景留到夜晚，不能把看不懂的世界刻在脑子里，更不能把看不透的人心放到自己的心里。一杯茶的通透也许就是一句真挚的心语，让飞雪落寞的繁华，在不经意间凝成落花的标本，是悲、是喜，都无所谓。或许岁月还会如同托风寄来的一方锦帛，同茶香一道飘着、荡着，是否有人看到，是否有人理解，都不重要。

客人来了，更要煮上一壶茶。中国人的待客之道，是从进门一杯茶开始的，客人也可通过茶的品质看出这个家及其主人的品质。所以，客人来了一定要上好茶。当客人赞赏"好茶"的那一刻，所有无意疏落的情谊都会重拾。我们一定要相信，尽管红尘熙攘，缘来缘去，但在生命深处，总有一些感激可以消融所有的冰霜，在风尘的暝然里长出情深义重，绘成绯色的诗画。茶品即人品，人的所有都可化为茶一般的蒸汽与香气，没有沾染，没有埋怨，没有回报。递上一杯茶，依旧心怀慈悲，感动着彼此的每一份挚诚，静静珍惜，默默祝福，比什么都好。

日子，就这样在一树清风、一窗暖阳、一壶浓茶中一天天度过。开心也罢，失意也罢，往事随风，无惊无扰，伴随茶的氤氲，一切终将变成一笺静水流深的清韵，随春萌发，随秋遗落……

寻常、非常与无常

　　每次到机场，特别是遇上飞机晚点，最好的去处就是咖啡店与书店。去咖啡店，一半是为了充饥解渴，一半是为了手机充电，因为要随时做好长时间滞留的准备——如今，不晚点就不是飞机了。去书店，则是为了打发时光，因为机场书店都是连锁的，且以售畅销书为主，基本上淘不到什么好宝贝，东翻翻、西看看，空手走人，待久了还不好意思，怕误了别人生意。

　　其实，人对书的感觉并非恒定，要视场景与心境而定。心情好时会去挑专业书，为了那点自以为很了不起的所谓事业；心情糟糕时，会去挑些闲书，放松自己，特别是读文学作品，还能让你记住，你还是个人，一个正常人。生与死、爱与恨、聚与离、冷与暖……这些生命的寻常遭遇与体验，会伴随着阅读，从你生命的底层开始上浮，直到头脑发热、心跳加快，甚至泪流满面而无法自已，这就是文学。

不好意思的是，白落梅这个名字我居然不熟悉。在书架上挑了本《在最深的红尘里重逢——仓央嘉措诗传》，完全是出于"仓粉"的本能。读完十几页后，我被作者漂亮而忧郁的文字所吸引，更为文字中所饱含的佛法与禅意感动不已。我立马"百度"，原来白落梅是一位隐世才女、散文家，尤以解剖心灵著称，曾为林徽因、徐志摩、张爱玲等人作传，著有《恍若梦中一相逢》《世间所有相遇都是久别重逢》《恨不相逢未剃时——情僧苏曼殊的红尘游历》《你若安好便是晴天——林徽因传》《西风多少恨 吹不散眉弯》《因为懂得，所以慈悲——张爱玲的倾城往事》《月小似眉弯》《岁月静好 现世安稳》《你是锦瑟 我为流年》等名作。

在《在最深的红尘里重逢——仓央嘉措诗传》里，白落梅把文字舞得像一把华丽又寒冷的剑，以红尘为道场，以世味为菩提，通过对仓央嘉措的传奇人生与绝世诗作叠加透视，向我们呈现了一个由寻常到非常再到无常的心灵世界。

"万里云山，长风冷月。风景为千年而生，他为众生惊世。曾经那个世间最美的情郎，雪域的王，被光阴的苔藓覆盖，有一天慢慢被人遗忘。有关他的传说，他的情事，他的佛缘，他悲喜交集的命运，在无常的岁月里，只道寻常。"有谁能禁得住这样的文字诱惑，又有谁能禁得住这样的精神"策反"。仓央嘉措，一个爱情诗神，只要稍有文学修养、稍懂一点诗的人，没有可能不知道他。他原本只是清贫门户里的孩童，出生在藏南门隅达旺纳拉山下的宇松地区邬坚岭，只因灵童转世之说，顺从了命运，成了历史上著名的六世达赖喇嘛。他原本可以在开满格桑花的村庄里放牧写诗，与白云相依，与溪水对话，与心爱的人相守，过正常人的生活。世事的非常，需要他去度化世人，去过无常的人生。尽管他一厢情愿地想"世间安得双全法，不负如来不负卿"，怎奈这世道常理就是"弱水三千，只能独取一瓢"。一个不到15岁的少年，一个决意为爱情誓死无悔的少年，因为尘世的非常之举，注定了他在佛床上孤独到死。"如果人生是一场赌注，当你拼尽一切，打算拍案下注时，才发现原来生命已经所剩无几了。岁月的短刀长剑，就是这么不经意地将你我宰割，看不到斑斑血迹，其实早已伤痕累累。"这就是白落梅对我们的忠告。我们每个人的生命其实本身就是纯粹而干净的，只因这混浊的世界有太多非常，而使我们渐渐地沾上了太多的粉尘而变得无常。无常的社会反过来强化着非常的规则，使寻常的生命与生活变得无常而可怜。

　　读研究生时，我的一位室友天性自由，行为无束，且才华横溢，当时在学术方面已经崭露头角。他本想成为一个优秀的学者，无奈在一个春天与夏天交替之时，遭遇了一场非常风雨而大病一场，之后与佛结缘。皈依佛门后，他潜心读经，专攻净土宗，因善根深厚而成为高僧。有一次我路过庐山东林寺去看他，问他当年为何出家为僧，他回答说："是一个非常的时期，一个非常的际遇，让我厌恶俗世，看破红尘。"我突然想起"曾""憎""僧"这三个字，中国汉字排列，是不是有预示人的命运的某种密码？就如我们每个人的姓名，是否有某种预示我们不得而知，至少应是一个"文化之谜"。有一点是肯定的，这世道变不变，变好还是变坏，关键在人心，而人心的好坏，又取决于世道的好坏，所以，世道人心联为一体，互为条件。世道非常，无非人心太贪；世道无常，无非人心易变。

人类一直在盲目地追求着非常：非常的人、非常的事、非常的意义、非常的境界。打破常规、忽略常识、破坏常态、成了我们的家常便饭，还因美其名曰"创新"而自得。殊不知，正是因为我们使寻常的生命与生活变得无常。非常无非就是反常与超常两种状态，前者具有破坏性，后者具有玄乎性，我们总是在玄乎中破坏着自己的常态，时时刻刻处在无常之中，可能性、不确定性、风险性、偶然性、随机性，成了我们生存处境的核心词，无常反而成了常态。

人原本只需吃饱喝足，不知从什么开始追求吃好，胃口大开，差点吃断食物链；人的起居行走本应随遇而安，足迹天下，但我们却建起高楼大厦，交通工具穿山过海，地球已是千疮百孔；生老病死，身相美丑，本于基因，但我们追求长寿，刻意雕琢；人的身躯与技能本是有限，但我们不甘心，非要搞出个机器人来代替我们自己。人类机械化与机器人类化的双重演进，使我们生存的"地盘"越来越小了，我不再是原来的我，你也不再是原来的你，在熟悉的世界里过着陌生的生活。也许在这种无常的道路上越走越远并不可怕，可怕的是我们不停地在为这种无常寻找理由并自赋神圣价值：创新、进步、发展、幸福、文明，然后拼命再次追求。人类就这样，自己挖的陷阱越来越多、越来越深，无法自拔、无法抽离、无法逃脱，看来真要一条道走到"黑"了。

我们无意去做一个保守主义者，或去开历史的倒车，但在一个茫然的世界里，多一点自然主义偏好总是好的。自然秩序、自然法则、自然人性、自然境界、自然情感，总是这个时代所必需的。人活着，其实没有那么多意义所在，就是一种简单的存在，就是平常心和日常事。如果太过刻意，你只能体会"人生步步皆是局，但设局的人是谁，你我根本无从知晓"。这就是无常的逻辑。在无常的世界里只有悲剧，社会如此，个人更如此。

多少人羡慕仓央嘉措，在青春少年的十五六岁，就有了活佛的高贵头衔，不用像常人一样在烟火人间飘荡，不用臣服于任何人的脚下。却不知，这一切对于仓央嘉措而言，就是非常，就是枷锁，他要的就是平常人的生活：白天劳作，夜晚在酒馆里狂欢，吟诵他的情诗，做一个最潇洒、最风流、最放纵、最彻底的人。后来我才理解仓央嘉措为什么不守清规戒律，会在拉萨古城流浪——因为一个19岁的青年就是一个正常人。

三百多年过去了，这无非一个寻常、非常与无常反复交织的故事，一个灵肉抗争的故事，一个常人与超人撞死的故事。仓央嘉措留下的《见与不见》等作品，带给我们太多的震撼，以至于读起来长夜不安，只因它触及了每个人最原始、最隐秘的心灵角落。寻常的生命就应该寻常地活着，那些刻意的非常无非自欺。我们甚至连自己都无法真正相遇，何况他人。我们不是活佛，无法度化他人，也度化不了自己，因为一生太短，"生，不过是一朵花开的时间；死，亦不过是一片叶落的刹那"，活着，自然、平凡地活着，就是一首诗，虽短，但意味深长，如风、如雨、如花、如叶。

乡情，还能留存于那片乡土吗？

在辞旧迎新之际，偶然看到湖南农道基金会 2021 年的新年献辞："每一个乡村都是人类的未来。"一个涉农的基金会有如此远见，委实让我惊讶，吸引我将献辞全部读完。其中确实不乏期许与信心，特别是看到文化振兴才是乡村振兴的根本这一关键问题。"没有文化传承，乡村很可能是干瘪的、衰败的、破落的；如果始终拥有文化精神，就有了精神、气息与力量，那才是活的乡村。"

我是"城乡结合"者，在农村长大，大学毕业后又一直在城市工作，但还是经常往返于城乡之间，对农村的变化多少有些感知。我也曾有告老还乡的想法，特别是当我看到中国城市化进程中暴露出的种种问题时，总想叶落归根，因为每个人都渴望将生命的谢幕留在人生的起点，都想将生命的休止符画在故乡的山林。可当真要实现这一想法时，我多少有些犹豫，因为曾经养育过我的那片乡土，感觉已经失去了往日的温情。相反，也许是因为乡土文化真的已经流失，这片乡土开始变得有些荒凉了。而作为乡村文化之魂的乡情，也连同那片乡土一起变得荒芜，我们希望记住的所谓"乡愁"几乎变成了"愁乡"之情。我们不禁要问：乡情，还能留存于那片乡土吗？

乡情其实就是一种独特的乡居

城乡最大的差异莫过于居住空间。如果城市是钢筋水泥建筑的"蜂窝"，那么乡村就应该是蜂蝶自由飞翔的天地。小时候的老屋大多是"堂屋"，若干户或一个小家族相邻而居，彼此同墙共檐。每天起床、劳作、小憩，都能无数次碰面，甚至同出同归，笑脸相迎，其乐融融，尤其是在人民公社的集体经济年代，呈现的都是这样的画面。在我的老家，分田到户后，那些"堂屋""老屋"或"宗堂"已经基本不见了，人们散居于山坡、粮田或乡村主干道两旁，尽管建筑物进行了第二代更新（由平房到楼房），但形色各异、杂乱无章。即使父子、兄弟相邻而居，也会用不锈钢的小栏杆加以分隔，以示不能随便逾越，由空间至心灵的距离，再明显不过。每家每户尽可能侵占公共（他人）空间，原本薄弱的公共意识和公德心，随着空间的区隔化变得更加薄弱甚至荡然无存。

乡情也是一种独特的乡景

乡景应该是一幅山水画，有青山、小溪、牛羊、鸡犬，还有袅袅升腾的炊烟。在我的幻想中，所有家乡的闲情逸致，无非一个个别样的画面：蓝天、白云、篱笆、草垛、老灶、水车，那都是回忆中摇曳的诗篇。哪怕是在"农业学大寨"那段时光，我的家乡也风景如画，万亩荒山变茶园、浇灌水塔立山顶、机耕路四通八达、乡办企业红红火火……后来，茶园没有了，取而代之的是杂七杂八的树种；机耕路有的被挖断，有的建了房，有的成了晒谷场；有些稻田已经荒芜，杂草丛生；当年好不容易修建的排水渠几乎全部被毁坏……虽然绿化植被多了许多，但乡村的画面少了许多生机与灵动。其实，每个农村出身的城里人，一直都有一种温暖的怅惘隐藏于心。虽然离开了故乡，但那曾经衬托过自己的乡景，时时会传递出生命的疼痛。不论是陌上的落日还是如水的清霜，也不论是暗夜的繁星还是黄昏的灯光，不论是夜间的犬吠还是清晨的鸡鸣，汇聚的都是沧桑岁月里无法忘却和复制的乡景。

乡情还是一种独特的乡味

乡村独特的毗邻居住形式，决定了这里有自己独特的烟火气，并且这种乡味是可以共享的。小时候大家都不富裕，谁家做好吃的，做什么菜，都能通过味道闻出来，好东西根本就不好意思"独食"，总要拿出来共享。特别是中晚餐的时候，邻居间经常端着饭碗串门，互相品尝彼此的饭菜，有时甚至就在别人家吃完一碗饭再走。那时尽管"割资本主义的尾巴"，但大家还是相互"包庇"种些蔬菜，"丰收"之后，大家都彼此交换、分享。不知道那时是厨房太开放，还是乡下烟火气重，反正饭菜的香味可以传得很远，以至于大家都能分辨出是谁家的菜，做的什么菜，闻着菜味也是一种享受。当时，村里有个小干部，他们家喜欢吃猪脚炖油饺，但怕别人知道，总是在深更半夜炖。无奈这味道太浓、太香，传得老远，几乎全村人都能闻到，把我馋得半死。我当时就发誓，一旦有了钱，一定要天天吃猪脚炖油饺，至今还落下好这一口的"毛病"。如今，人们当然不会在意别人家的菜味了，都是关起门来过自己的日子，想吃什么都能吃到，自然就没有了那种撩人的乡味。如果看到家乡的炊烟升起，飘落在风里的乡味记忆，还能生成思乡的情愫吗？

乡情更是一种独特的乡趣

城里人的生活规范而少趣，真正有趣的生活在乡下。小时候，没有现在这么重的学习负担，主要是玩，并且是跟着年龄大的哥哥或叔叔们玩，夏天戏水、打泥巴仗，冬天挤油渣、打"地老鼠"、钻草堆。孩子们在一起玩，既省了父母的心，我们也锻炼了身体，更重要的是跟大孩子们学了许多本领。我最大的特长是做枪，因为父亲是木匠，家里有工具。据母亲说，我小时候做过 40 多把大大小小的木枪。为了做枪，我们家的门槛被我砍去了一部分，留下了一个大缺口，连狗都可以自由出入。当然，真正有趣的生活还是跟大人们一起"出集体工"。我 8 岁学会干农活，12 岁"出工"挣工分，有时还出完早工去上学。那时精神生活贫乏，调节劳累之苦的最好办法就是"讲段子"，你讲一个，我讲一个，半天的劳动在不知不觉中就结束了。这种"无意义"而有趣的生活，才是社会底层人的生活，意义诚可贵，但趣味价更高。自从分田到户之后，村里人基本上没有聚集的机会，生存本领稍强的人大多外出打工谋生了。现在农村孩子同样面临学业压力，已经没有了童年玩耍的乐趣。乡趣的流失使人们失去了"在一起"的理由，除了功利的计较，再没有沟通、交流的必要。其实，无论走多远，无论身在何处，童年的幻境总依稀在梦里，那些乡趣永远都只能留在心底，成为最柔情的歌吟。

乡情本质上还是一种独特的乡爱

"美不美，乡中水；亲不亲，故乡人。"这是我最早接受的乡村文化教育。最美，美不过家乡；最亲，亲不过老乡。这是一种独特的故乡之爱，也正是这种家乡情怀和老乡情结，使我们在那片并不富饶的乡土上苦苦劳作、生生不息。乡爱是对父母的眷顾。总会在无数个夜里辗转反侧，记忆的风反复吹拂无眠，月光下是妈妈的笑脸，还有父亲闷头抽着的香烟。乡爱意味着乡音不改。无论身在何处，最亲切的永远是家乡的语言，深刻的烙印绝不会泯灭，哪怕经常遭受"塑普"的嘲笑也要一遍又一遍地念，让心底的暖流潮湿这季风流年。乡爱是一种宽厚。即便有千仇万恨，总会在关键时刻端上一杯热茶，递上一支香烟，一切归于完好。乡爱是一种互助。谁家有人生病，总会抽身探望；谁家生了娃，总要送上几个鸡蛋；谁家有了难，总要尽其所能，无私相帮。乡爱更是一种知恩。荒芜之地，贫穷之人，多少会受人恩泽，只要能记住就是大善。

守根也罢，告慰祖宗也罢，下决心在老家荒芜的宅基地上建土房的这一过程中，我感触最多的是乡情。最令我感动的是一个无依无靠的哑巴：我每次回老家，她总要用她特有的语言方式问长问短，总要送来几个鸡蛋或者一点咸菜什么的，因为她记得我父母当年的好，她记得我曾经是她的邻居。这让我感受到浓浓的乡情还在。我无数次地放大着自己的想象，希望能拈一指清风、剪一缕炊烟、采一朵白云、掬一捧乡土，去点缀美丽的乡情画卷，祈望"太平风俗美，不用闭柴门"的乡情与这片乡土共存。

人生在食，食之有道

我自认为是个"好吃"而不"懒做"之人。"好吃"之习，一方面是自幼"没得吃"的缘故，印证了心理学上所揭示的"越匮乏的东西越会成为第一需要"的道理；另一方面，得益于湖湘之地好吃的东西实在太多，久而久之，形成了"口味依赖"，以至于到了外地，无论是我请别人还是别人请我，还是喜欢去湘菜馆子，生死也要在"湘菜"中。

在湘人中，像我这样的"吃货"非常多，但能吃出点名堂的并不多见，彭文杰应该算一个。我认识文杰的时间并不长，只知道他是资深媒体人，是诗人，也是作家、文化学者，经常还能在朋友圈里看到他"秀"出来的书法作品，令我非常"妒忌"。有一天，他和周云林先生合著的《美食方》出现在"圈子"里，封面上的"广告语"着实有点"吓人"："美食界第一部长篇纪实文学""中国第一部城市美食志""人类文明的进步史，就是美食的进化史"。我当然不会轻易相信出版商的推销广告，但我对平时连酒都不喝的文杰能写出美食著作产生了怀疑，因为我属于那种没有酒就吃不出菜味的人。于是，我发微信给文杰，求赠书，想看看"真货"。文杰很快寄来了大作，还暗示我可否写点"学习体会"。我回复："不急，美食慢慢品，好书慢慢看。"没想到他丢下一句"看得下去就看，看不下去就扔"。这明显是激将法呀，我得抓紧看，否则就对不起几年前他送给我的那坛特制的限量版的"共享酒"了。

客观而论，我是平生第一次一口气看完一本纪实文学。看完之后，我的第一感觉就是我要重新认识彭文杰先生，没有想到他对湘菜有如此精深的了解，没有想到他对饮食文化有如此精细的感知，没有想到他对食客心态有如此精准的描述。他真不愧为"中国餐饮文化大师""湘菜文化代言人"。当然，钦佩之余，我还是心生"埋怨"：这家伙肯定经常吃好吃的，居然不带我，不够意思。我深知，要混进文杰的品菜圈子并非易事，我今天尝试从"饮食伦理"角度写几句"读后感"，看能否作为拜师的见面礼，引起大师的注意，能让我当个编外弟子，在品湘菜时，给个"偏桌"的机会。因为"一份孤傲喂养不了男人，一颗雄心也喂养不了男人，在精彩得无与伦比的世界中，唯一输给世界的，就是你的想象力"（《美食方》第9页）。

如果说"食色，性也""民以食为天""夫礼之初，始诸饮食"在某种意义上是绝对真理的话，那么，"人生在世"本质上就是"人生在食"。食，于个体、于社会、于世界，均具有"本体"的意义。《美食方》尽管写的是湘菜故事，彰显的是湖湘文化的特质，但更多的是从"食哲学"层面透视了人的本性。告子的"食色，性也"不是对人性的简单说明，而是从生理、心理与伦理上说明了"食"对人性的重要性。人性，其实并不复杂。我曾经把人性简化为人的本真欲望，而食欲和性欲是根本，前者事关人的生命存在，后者事关生命的延续。这也印证了马克思的"两个生产"理论，其中"食"相对于"色"更具决定性。正因为食对人的决定性意义，它才会变得日常并具诱惑力，这就是"食"的天然正当性。就此而论，世界上没有什么产业会比餐饮业更永恒。当然，"饿了就要吃"是根本不能进行道德评判的，只有当生理欲求变为心理需要并将这种需要现实化时才有所谓道德问题，即由"想吃"转化为"吃什么"和"如何吃"的问题。《美食方》正是通过对湘菜的立体性勾画，从湘菜大师、湘菜品种、湘菜企业到湘菜人物，回答了关于"食"的这两个问题，深挖了隐藏在湘菜背后的湖南人的个性和湖湘文化的特质，让我们在普通的饮食生活中咀嚼到了作为一个湖南人生活的美好。

在现代社会，食不是一种简单的生理行为，而更多的是一种复杂的社会交往活动。或者说，当吃不再是求饱，而转向"吃什么""如何吃"的时候，目的就有可能转化为手段。这时，饮食的生物价值已经让位于社会交往价值。在此意义上，可以说"食在人伦"。《美食方》中所记述的那些湘菜店，作为

"老长沙人"的我基本都去过，对许多店印象还很深，但其背后的人物故事、人伦关联我还是第一次听说。《美食方》的精妙之处在于通过对湖南近年湘菜发展的记述，特别是以柏氏姐弟为主线的湘菜"网状图"和大起大落的现实，让我们看到了一个以"饮食文化"为底色的人伦世界，远远超出了饮食本身而辐射到了湖湘政治、经济、文化、宗教等领域。如，仅就饮食的政治伦理而言，春秋战国时期的政治家管仲曾说："王者以民为天，民以食为天，能知天之天者，斯可矣。"孟子也强调："民为贵，社稷次之，君为轻。"这说明民是治国的核心，而饮食对民来讲是最重要的事，居于"天之天者"的至高地位。历代君王都把农业视为"本业""首业"，以农业为本，强农而固本，必然重视饮食，所以，"食"为"八政"之首。这也是湘菜发达的社会根源。以农业为本的湘楚之地，如果真正重视"三农"，那么陈布若教授的"两个预言"一定会变为现实。不过，对于湖湘的食文化也需要进行深刻的伦理反思，特别是在现代，湘菜要在养生护身、弃快感而重营养、饮食有节、饮食禁忌等方面有所重视，这也是《美食方》用心良苦的文化暗示。

当然，食在人伦的关键是食之有道。《美食方》的主旨是美化食及其制食者，而对食本身及食者道德少有关注。其实，湘菜的发展，不但要迎合食客们的口味，而且要引领饮食伦理，通过食物变革来实现餐饮革命。比如，饮食应该以营养与健康为目的，中国传统的饮食结构也是以谷物为主，同时配以肉、菜、果，使养、益、充、助有机结合，但由于我们偏重经验性思维，食物搭配的精准性不够，容易出现"富贵病"与"营养不良症"共存的情况。《舌尖上的中国》确实展现了许多美食，但无非味的芳香、形的精美、艺的尖端，根本看不出各自的营养成分。还有，我们的饮食文化还深受"吃什么补什么""物以稀为贵"等错误观念的影响。我们期待湘菜文化在更新餐饮观念、培养饮食德性、优化餐桌文化、创新餐饮礼仪等方面做出表率，期待《美食方》在"餐桌革命"的大背景下，有新故事、新篇章。

《美食方》之道

　　中国人做事与叙事都讲究"术、势、法、道"的层次推进，或者倒推。《美食方》表面上停留于"方术"之面，而实际暗含的是对"道"的追寻与明示，所以书名为《美食方》，本质上是《美食道》。全书通篇讲的是美食的"道理""道德"与"道路"："道理"是讲"是什么"，或者叫存在的正当性；"道德"是讲"为什么"，或者叫需要的正当性；"道路"是讲"如何做"，或者叫过程的正当性。

　　《美食方》所传递的"道"是多方面的，媒体上有许多评论都已经提到了。我这里概括为文化传承之道、生命价值之道、人际交往之道、文明风尚之道、社会治理之道、生态文明之道。其中主要有三种。

文化传承之道

文化就是"人化"与"化人"的结合。所谓"人化"就是使人成为人本身，就是正常人，而不是野兽或者圣人。而常人的根本是什么？就是吃喝住穿，所以马克思讲"人们为能够创造历史，必须能够生活，但是为了生活，首先就需要吃喝住穿。因此第一个历史活动就是满足这些需要的资料，即生产物质生活本身"。《美食方》让我们重新认识到吃喝对于生命存在的本体性意义，吃吃喝喝是具有道德合理性的；让我们重新认识到"一方烟火"对地方经济与文化的标志性意义，长沙成为网红城市就是因为长沙的"烟火气"浓；让我们重新认识到生活日常对社会治理的决定性意义，千万不要为了那些所谓的"高大上"而让百姓吃不好、吃不方便。所谓"化人"就是根据社会发展的美好目标将人教育培养为社会所认可、所需要、所称道的人，这就需要一整套社会的规范系统，法律的、道德的、习俗的、宗教的，等等。"民以食为天"，表明了饮食对于生命、文化、政治的重要性。如在中国上古文化的祭祀活动中，除行礼、颂祷之外，一定要奉献食物，并且只有奉上"三牲"即猪、牛、羊，才能叫"祭"。如果只是奉上时令水果（现在是鲜花）便不能是"祭"，只能叫"荐"。所以，弘扬中国优秀的饮食传统文化，是实现文化自信与建立文化强国的基础。

生命价值之道

生命的维系与种族的延续是人类最基础的两大需求。从中国传统文化来看，生命的维系优先于种族的延续，或者叫饮食优先于男女，或者叫温饱后才思淫欲。《礼记》中讲，"饮食男女，人之大欲存焉"。告子讲，"食色，性也"。这不是一个简单的判断，或者对人性下定义，而是内含了一种价值排序，即饮食优先于男女，饮食是第一位的，生儿育女是第二位的，择饮食而弃男女。特别是宋明理学之后，把性单纯理解为男女之事，并且强调万恶淫为首，只有追求美食才是光明正大的，人生的快乐与精力也只能倾向于饮食，这也推动了中国饮食文化的发展。所以有人说，中国文化是饮食文化，西方文化是男女文化。所以，我们要强调饮食对于生命的基础性意义。如《管子·国蓄》讲，"五谷食米，民之司命也"；《淮南子·主术训》中讲，"食者，民之本也；民者，国之本也；国者，君之本也"；《难经》中也讲，"人赖饮食以生"；东汉思想家王充也讲，"人之生也，以食为气"；中国传统文化强调"饮食，活人之本也""人之不食，七日而死"。生命价值是维系人类的前提与根本，而饮食又是维系生命的前提。当然，这样的认识是基于"饥荒文化"的认知，在人类物质资源极为丰富的今天，饮食对于生命价值的维系面对的是食品安全和营养过剩的问题。当下恶性食品安全事件给人们带来了一定的恐慌，也在日益威胁着人们的生命安全与健康。许多问题需要我们思考，如饮食与健康的关系（中小学生减肥问题）、饮食与长寿的关系（素食主义问题）、长寿与快乐的关系（何者优先的问题），这些都事关饮食与生命价值的重新认识。

社会治理之道

《美食方》是一部美食经典，也是一部创业者的圣经，为我们的行业治理，特别是饮食行业治理提供了诸多启示。我所要强调的是，我们还可以从《美食方》中得到许多社会治理之道的启示。比如，如何正确认识餐饮业在整个国家产业结构中的地位与作用。再比如，如何正确认识吃喝文化问题。一定要明确，吃喝不是低俗，吃喝不等于腐败，吃喝不等于享乐主义（享乐本身是道德），这就涉及吃喝与整个良好的政治治理问题。还比如：饮食与城市治理、城市文化建设问题，不能因文明创建而损害吃喝的方便；饮食与生态治理问题，禁止滥用"野、奇、贵"来吸引顾客；如何通过饮食文化的变更主动引领、带动整体社会生活方式和交往方式的变更，而不是一味地迎合顾客的需求（如分餐制、AA制、外送制、个性化服务、上门服务等）。所以，我坚持认为，社会治理之道就是追求人性之道，人性之道就是人的欲望之道，人的欲望之道其根本就是饮食之道。

期待文杰兄《美食方》的续篇《美食道》早日问世！

烧　包

中元节快到了，又到了烧包的时节。烧包是一种祭祖的方式，是在世的人对已故亲人的一种怀念。

包，也叫包袱，烧包也叫烧纸钱，就是将纸钱分为一叠一叠的，每叠一厘米厚，然后用封皮包成包，进行焚烧，之后阴间的亲人就能领到钱。也许是因为，在远古意识中，人们认为阴间和人间一样，有一套完整的体系：人死了，就要到阴间去生活，生活肯定也需要钱，所以需要制造一些阴间能用的钱，烧给自己的亲人，希望他们在阴间能够生活得更好。这应该是人的一种美好的愿望，也是一种孝心的体现，表示自己还记挂着对方。正是因为有这样一些简单而自发的仪式，我们才有了家族亲情的道德记忆，才有了人伦秩序的纵向延伸。

当然，听说一些地方已经禁止烧包了，理由是影响生态环境。这个理由表面上看是正当的，确实也无可非议。但人世间的人和事远没有这么简单，天人感应也罢，阴阳相济也罢，存在就是存在，它存在于中国人的信仰系统中，根深蒂固，无关"唯物"与"唯心"的硬套，更不是"四旧"的残留。即使是生态保护，也应该是"大生态"的理解。人的生命本身才是生态的本体，离开人去谈生态，纯粹是瞎扯。心态是生命状态的重要表征，心态危机可能远比狭义的生态危机更可怕。如果孝道丧失、人情冷漠、人心涣散、人伦瓦解，保护的所谓生态也只能是"死态"。如今，互联网上是非不分、杀气腾腾、祸心四起、仇恨满满、暗箭四射，就是世人心态的缩影，是不是也该花大力气治治呢？是到时候了！靠什么来治？孟子的"四心"应该是良方。

每年中元节（老家又称"七月半"），我都要争取回去烧包，这是我家的传统。小时候不太懂事，很期盼烧包这一天，因为即使再穷，也得准备几个好菜。哪怕就是几个鸡蛋，对常年不见荤的孩子而言也都是大盼头。每年到了这个时候，母亲都要烧包，并且亲自买纸、打纸钱、写封皮，非常虔诚与专业。与此同时，母亲还要千方百计准备几个好菜——有时可能就是几条小咸鱼，用来拜祭列祖列宗。父亲工作忙，基本不沾手，全是母亲一人操办。即使在把烧包视为封建迷信的时代，母亲也会偷偷地进行，足见其坚定。

其实，母亲嫁给父亲后，连公公婆婆都没有见过，与他们根本谈不上有什么感情，都是从父亲和邻居那里知道一些我爷爷、奶奶不幸的身世。母亲心善，每次讲起这些苦难"家史"，总是泪眼婆娑，用深刻的家世意识和家族情感教育我们。就在昨天我回家烧包时，老母亲还叮嘱我，修缮老屋时一定要给爷爷奶奶立个牌位，他们活着的时候太可怜了。我不知道中国传统的人伦意识和家族意识还能持续多久，甚至当"让自己过好就行"的价值观被当作我们抛弃一切家族责任的正当性理由的时候，是否还会想"我从哪里来""我的根在哪"等问题。人一旦抛弃了根，连祖宗都忘记了，就注定了只是一个漂泊的孤魂野鬼。

我们家很幸运，母亲年迈之后，烧包的传统由姐姐继承下来，年年如此，从未间断过。父亲去世后，母亲年老且患有眼疾，一直寄居姐姐家。姐姐像母亲一样，每到这个时候，总会通知我，除有特殊事情外，我都会回去。有时因事回不去，姐姐总是宽谅我："没事，没事，你忙正事。"她和姐夫一道，把这件事默默地承担起来，替我们尽孝道，代我们在列祖列宗面前祈祷。久而久之，我终于明白"姐顶半个娘"的道理。

姐姐是一位很了不起的女性，当年为了照顾、支撑家，放弃了求学的机会。她也是"新三届"的高中毕业生，喜欢文学，在照顾好家庭的同时，坚持古体诗词创作（已经几百首了），如今是县里有名的诗人，也是我学习古体诗词的指导老师。姐姐曾告诉我，父亲身体状况极度不好时曾交代，要她照顾好两个弟弟。这么多年来，姐姐一直遵守父托，默默支持和帮助我们，可以用"无私奉献"来形容。特别是母亲长期寄居姐姐家，解除了我们的后顾之忧，我们方能安心工作。此事是我一生的心结，总觉得愧对母亲、愧对姐姐，希望余生能尽力弥补。已近迟暮之年，许多人和事，多少能看透一点了，这世上除了亲情，几乎没有什么是可靠的、值得珍惜的。

烧包虽然是一种祭祖的方式，但也是亲人相聚的机会。每次烧包，我们家就像过节一样。几家人聚集在姐姐家，姐夫总要提前几天开始准备，哪怕是家里仅有的一只鸡，也要用来款待我们。姐夫是我父亲看中的女婿，也许是因为父亲自己的人生经历，他喜欢"穷小子"，喜欢能吃苦、能干活的。姐夫果然没让父亲失望，他对家里的照顾远远超过了我们兄弟俩。如果要评"中国好女婿"，我姐夫至少可以入围。这次也一样，等我们到姐姐家时，姐夫已经摆上了满满一大桌的菜，还备好了"擂茶"。姐夫一直在乡里的中小学教体育，最早是民办教师，后来转正，如今退休在家。我原来总是笑他，只要认得"一""二"就够了，认得"三"都是多余。这次看包的封皮才发现，姐夫写得一笔好字。姐夫的敬业与厚道，在方圆几十里都享有美誉。

参与烧包的次数多了，我也慢慢知晓一些烧包的方法和禁忌。准备去烧纸之前，要预备一根小棍。这样方便在烧纸的时候拨开压在一起的纸钱，让空气流通起来，以便助燃；但用完之后的小棍一定不要再拿回来，要直接扔掉。如果遇到别人烧纸，要尽量绕开，不要踩到。如果路口排满了纸灰堆，需要大跨步一下，跨步之前还要先说一句"对不起，借过"，求得先人谅解。在烧纸之前，在要烧的地面上画个圈（注意不要把自己圈在里面），西南角要留个缺口，方便下面的亲人进来拿钱。一定要等纸钱燃尽才可以走，这样既可以防止火灾，又可以防止风把纸钱吹起来——没有烧透的纸钱，先人们是收不到的，要避免先人们不高兴，等等。这些都是讲究。其实，讲究就是人伦常理，讲究就是日常中的非常，就是无条件的规矩，就是不由深思的信念。只要人伦世界还在，孝道的时间性还在，烧包祭祖就不会断。"他生未必重相认，但悟无生了不难。"

秋　露

秋露是一种透心的凉意

在不知不觉中，秋已至，天渐凉。特别是夜晚或者清晨，经过小路或穿过树林时，若不小心触碰到树叶或小草，便可以感受到一种特别的凉：会透过皮肤，渗入心间。那是一种凉，一种透心的凉，甚至是一种可以令人起鸡皮疙瘩的凉。这不纯粹是秋与夏的对比、较劲，而是秋的本真，意味着那些暴晒、那些燥热已经快要终结，要还世间一份宁静了。世上哪有"心静自然凉"，唯有秋凉心自静。春夏的所有过往，悄怆幽邃，已经看透了无数的人、无数的事。如果还不能固守这份淡泊、这份素然、这份婉韵，岂不真的辜负了这份难得的秋凉？

秋露是一种无形的止界

夏天的狂热尽管一百个不情愿，秋风终究要横扫过来。哪怕还有作为交接者的"秋老虎"的余威，但已能清晰地感受到丝丝凉意。感觉今年的夏天特别长，新冠病毒、无情洪水……多少个日日夜夜，已经不是单一的时节过渡，而是无数个年轮的哭泣。想在时序的花笺里落字为安，可经年的苦难岂能随风而过？当我们困顿于生命的春夏秋冬，感觉到轮回的涌现，其实不过就是一片连秋韵都赶不上的落叶，不知飘向何方……

秋露是一杯深情的美酒

大学同窗，几个老男人，如期相约于一个浅秋的周末。浓浓的情意，淡淡的心境，于酒于茶，好像是契约着生命中那份深埋的真诚。没有了戒心，没有了防备，没有了虚伪，推杯换盏，谈笑风生，无所顾忌。有人无意中提及抖音上那一个同学聚会的视频，突然只剩下喝酒的"嗞嗞"声。片刻之后，不约而同的一声"干杯"，让所有人站起来，泪水模糊了所有人的视线。我们都看不清对方，只知道埋下头，心中默念那句"今夜对酒月亮……我醉了又何妨"。多少旧时光里的游离，不是一两次相聚就能收集的。那些往日的期许，令我们不再孤单，恬淡而氤氲的秋露，终会变成一个寂静相守的雨季。

秋露是一种无私的大爱

夏秋的交接是不经意的。记得小时候的夏天，一家人都是在凉板上乘凉的。我天性怕热，喜欢光着上身乘凉直到午夜之后，有时甚至忘记了季节，经常被冻醒。这时，妈妈总是起来提醒我去床上睡，要么拿一条毛巾搭在我的胸口，以免着凉。第二天，就见凉板上结了厚厚的一层露水。家里的凉板上了年份之后，会变成红褐色，这是汗水与露水交替作用的结果。有时，为了让凉板变成这种漂亮的红褐色，甚至故意把凉板放到室外，让秋露渗透。经过秋露渗透后变色的凉板更加光滑，也更加清凉。浅秋的夜晚是惬意的，秋露消解了白天灼灼的热浪，早早地把那份秋凉带进闲散的时光，纵然无法浸染满山红叶，依然透着温婉的清冽与禅意。

秋露是一种摇落的惆怅

我们都只是落满秋色的陌上过客。清晨，当你无意中闯进一片树林，自由的小鸟朝着鱼肚白的东方飞走了，抖落的秋露只会落到观察者的身上，除了一个冷战，你想象不出丝毫的明媚。"无边落木萧萧下"，曾经多少狂热，多少执念，追逐着这个疮痍满布的尘世。在未知的风口，以为可以用忠诚感动每个人，岂料只有铺天盖地般的沉重压过来，来不及躲闪，把自我空间缩小到几乎为零，倾尽全力将自己抱紧，蜷缩在一个叫作回忆的角落。既然习惯了后退与缄默，就不要再冲动与逞能，不要再用原本纯粹的希望去触碰多年堆积的自尊，更不要期待阳光普照，把你抬到云天。将那些柔弱的记忆，埋到心底一个温软的角落，很深很深。等到夕阳西下之时，才归了初心，归了安静。

秋露是一种无根的涌现

不要以为春暖就花开，更不要期望夏花就秋实。这世间诸多的存在原本就是空无，没有依系，没有来去，没有必然。秋露不是夏雨的残留，更不是冬霜的前序，只是一种无根的涌现。凡是有根的存在，就有因缘，就有纠缠，就有那些根本说不清的爱恨。只是某种冷热的相遇，让天水化为清淡的泪，洒落于树叶上，黏合于草地中，自由来去。如果没有太多的人为在意，也许自由的流动不会沦陷在岁月的暗殇。难怪父亲曾教我两条人生铁律：千万不要和"领导干部"合影；在人生落难时千万不要去求人。世事皆变，世态炎凉。有根，则有据；有据，则有依；有依，则有系；有系，则有险。说不清的牵扯，不明不白的陷阱，世上靠得住的只能是你自己。无根的存在，多好！自由滑落，自在消失，没有人在意，没有人惦念，一场生命的自我竞跑，泛起了浓郁的秋意。

"耕食记"印象

坚持了一年的大学同学每月一聚，照常进行。在此过程中，有湘潭、株洲、益阳等地的同学相继加入。我们的目标是，坚持、坚持，一直坚持到只有最后一个人的"聚会"……

本月聚会的地点是株洲市的"耕食记"，老板是同学"黄老师"。"黄老师"是员工对他的敬称。他曾经是大学教师，后下海经商，以餐饮为主，"半亩地""芙蓉镇""盛世芙蓉""耕食记"都是他的杰作。黄老师做餐饮有两大特点：一是酒楼充满诗意，有一种乡村诗的味道。这与他大学时期就是有名的"乡土诗人"有关，也与他出生在农村有关。大三时他就在《诗刊》上连续发表长诗，那是一件让人无比羡慕的事情。也正因为写诗，他收获了爱情——现在的老板娘——赵总。赵总曾经也是诗人，两人因诗而爱，最后因诗而"食"，这是多么浪漫、多么实惠的事情。二是不断创新，确切地说是不断地"折腾"。我记得，黄老师刚开始创业时，购买了一大柜子的菜谱和关于饮食文化的书，自己钻研，自创菜品，并且亲自下厨，亲手制作。如今"耕食记"的大厨都是他亲自带出来的徒弟。他自创的菜品红遍三湘，应该是对湘菜、贵州菜、云南菜、粤菜等菜系的改造升级、综合创新，很适合中老年人的口味。

本来原定的聚会地是长沙，但黄老师邀请我们去看看他的新店。这是我们第一次到长沙以外的城市相聚，自然认真对待，到得都比平时早，有的还拖家带口。看到新的"耕食记"，我们大吃一惊，黄老师又在"折腾"了，感觉一种新型的餐饮模式将在这里诞生，一种新的饮食文化将在这里萌发。

我和黄老师是中学、大学的同班同学，找的对象都是株洲的，对株洲相对熟悉。新"耕食记"坐落在株洲河西沿江风光带中心点，钢琴广场正对面。这是一个见证了株洲市民生活变革的独特位置，黄老师和赵总在这里开店已近 20 年，创造了"盛世芙蓉"和"耕食记"餐饮品牌。2020 年暴发的新冠疫情，使餐饮企业面临巨大压力。如何蹚出一条新路，以适应当下时代的饮食需要，是每个餐饮人都在思考的问题：有的干起了外卖、有的干起了送货上门、有的干起了茶餐厅、有的干起了酒庄、有的人已经转行……但我们看到，在历经一年筹备打磨之后，新的"耕食记"终于揭开面纱，以崭新、独特的格局呈现在我们面前。

"耕食记"的整个空间分为上下六层，虽然豪华不足，但精致有余，充满了农耕文明的气息，又具有美食的诱惑力。整个室内建筑，以耕食文化体系为根基，以原始食物为基调，以象征丰收的稻谷之橙黄为底色，划分为耕食工坊、耕食社区厨房、耕食生活学院、耕食家宴、创谷茶社几个部分。仔细探访之后，我们不得不赞叹：这不正是我们所期待的，一个有趣、健康、包容的生活空间吗？这不正是当下时代人们所追求的更朴实、更人性、更原生、更自由、更多元、更简约的饮食文化吗？

　　关于当下的思想观念和生活方式变革，我曾经有过预测，虽不足为凭，但可作为实践哲学的参考。一是新型全球化势不可挡，反全球化、逆全球化或与世界脱节，都只是暂时的；二是现代性危机已经显现，会出现多元现代性，即由西方社会主导的现代化仅成为可供选择的一种模式，并非必然选择；三是社会不确定因素明显增强；四是利益与价值观不同，在人与人之间、族群之间、国家之间造成了严重撕裂，但同时也可能增强人们的边界意识；五是科技万能的神话被打破，人文精神的力量将会增强，但需要信仰与制度的双重支撑；六是生存危机将会大于发展危机，"我们如何在一起""我们如何一起活下去"成为我们的主要关注点；七是整体主义价值观会明显增强，以个人主义价值观为支撑的权利伦理会受到挑战；八是社会公共意识和公共责任感明显增强，与此同时，个体生存的脆弱性和无力感也在增强，必须从"唯我思维"转向"他者思维",从"我该如何过上好生活"到"我们如何一起过上好生活"。

这些观念和生活方式的变化，必然会反映到饮食文化中来。自由、自主、个性、原生、健康、多元、简朴的饮食文化，也可以说是后现代的饮食文化元素，在"耕食记"已有所显露。这里的耕食工坊，就像深巷识酒香一样，进入其中立刻就会喜欢这里，恨不得马上系上围裙化身大厨。在这个空间中，中国原种五谷、原种本草样样都有。工作人员布置好了宽大的原木桌，一整面墙的精致厨具，拙朴的食器，还有透明收纳盒盛放的原种食材，静静等待着与每一位到访者对话。在远离土地、不善耕种的当下，耕食工坊不单是一个提供手作活动的场所，更是让我们的心于都市之中有了一个可依靠的空间。这种空间一定是有趣的，就像小时候孩子们办"小酒席"的游戏；这种空间一定是多元素的，可以是中式菜肴，亦可是西式菜肴；这种空间一定是轻松的，没有生活的压力，完全可以随心所欲……

三楼和四楼的"耕食·家宴"，采用的是分餐制。当下餐饮开始实行"分餐制""公筷制"，其实大家并不习惯，特别是分餐制，大多还是圆桌型的，很少有餐馆配备这样的专门场地。"耕食记"适应了这种新变化，把圆桌改为长条桌，实行分餐制，久而久之就会形成习惯，更科学、更健康的共餐形式就会形成。圆桌文化虽然是中国饮食文化的标志，体现了团圆，关系圆润、盛情的整体主义意味，但更有"关系网"的意蕴，其中不乏等级、差异、依赖、察言观色的元素。在"耕食记"，分餐以一种全新的形式再现出来，这是需要勇气和智慧的，甚至有些冒险，因为人与传统几乎是"同构"的。好在新生代的"食客们"，开始喜欢上这种风格。

"耕食记"分餐定食，食客可以将自己喜欢的食物盛放到碗碟里：谷物有谷物的香，瓜果有瓜果的甘甜，你吃着你喜爱的面食，他吃着他喜爱的汤粥，各自欢喜。正如黄老师所说："是聚餐，但又是分餐。聚的是人与情，分的是食物与健康，更为重要的是个体性、自主性、节约性的彰显。"当然，喝起酒来，可能就要多走几步，如果相聚的人多，相当于边走边喝了，那岂不更惬意！

"耕食记"的二楼，又是另一片天地，这里是耕食（生活）学院。内有书馆，有许多健康饮食营养配餐方面的书籍，以及与东方农耕文化、饮食文化有关的史料性、知识性读物。这里是一个共学、习艺、展演、雅聚的无边界共享平台。饮食与饮食文化在此契合，新生的耕食精神在此不断传承，使得这里成为真正意义上的耕食文化中心。

"耕食记"的一楼是一个开放式厨房，五楼还设有创谷茶社，感觉这里不仅仅是吃饭的场所，更是一个现代人放飞想象的自由空间，可以无缝连接茶道、花道、音乐、禅修等修身养性活动的生活美学空间、社交空间。这样一种餐饮文化不正是现代生活所需要的吗？这已经不是"吃什么"的问题，而是可以自主解决"如何吃""跟谁吃""吃完后做什么"的问题，"吃"的附加值就凸显了。记得早些年，我问过黄老师，为什么包厢里不装电视机？他说，一些客人，特别是喝多了的客人，吃完就半天不走，待在里面看电视，影响饭店正常经营。其实现在想来，如何把吃完的客人留下来才是王道，让客人在"后续消费"中得到更高级的精神享受。

饮食最重要的还是食品安全。为了让更多、更好的小农食材能从原乡、原产地到达城市餐桌，"耕食记"制定了《耕食小农食材评价标准》和《耕食产品及原材料溯源评价体系》，展开了一场浩大的食物产地溯源。支持无抗生素、无除草剂、无农药、无化肥的传统生产，采用有种源保护的老种子、老品种物产，支持食物本地化、短链化，减少工业化、大棚等非自然生产方式的种植……"耕食记"从生产、生活、生态、康养等方面逐一考量每一种食材，筛选合作农庄，定制生态食材。这是一种负责任的饮食担当，更是一种道德底线。因为饮食本身可能就是一个悖论，你认为健康的食物可能并不健康。如果连食品安全都做不到，那么和杀人没有区别。16世纪时，英国的托马斯·穆菲特就提醒大家："人们用牙齿掘开了坟墓，那些索命的利器比敌人的武器更危险。"因此，美国饮食健康专家史蒂文·R.冈德里在《饮食的悖论》一书中列举了许多"现代饮食之罪"，其中就有人们对健康食物的误判。

费尔巴哈曾经说："心中有情，首中有思，必先腹中有物。"这说明饮食对人的决定性意义。从食素到食肉，从生食到熟食，从吃饱到吃好，从吃好到吃精（健康），反映了人类生活的基本样态，但始终离不开"食以养生、食以养德、食以养美"的基本价值。一部饮食史，也是人类的民俗史、生活经验史和生存智慧史，甚至是人类文明史，特别是在农耕文明历史悠久和"民以食为天"的中国。随着社会发展，在满足果腹的基本需求后，人们对食物的追求日益繁杂多元，饮食甚至成为身体的负担，成为我们赖以生存的自然环境的负担。在饮食的背后，隐藏的是人类的环境生态。所以，我们要把对食欲的满足限制在生态系统所能承受的范围之内，让人的生命系统与环境的生态系统融合，把资源、能量与人类欲望的平衡作为衡量饮食活动的根本尺度，作为评判人类饮食理念、饮食方式、饮食行为的最终目标。这也许就是饮食的伦理。让东方植物性饮食为主的饮食文明再度回归生活，食用更简单、更自然、更纯净的食物，把自由、健康的身心留给自己，把良好的生态还给大自然。这就是"耕食记"的初心。

世界热了，我们做点凉的。
世界冷了，我们做点温的。
世界重了，我们做点轻的。
世界冲了，我们做点合的。

这是"耕食记"的食物态度，这是"耕食记"的饮食伦理，这也是"耕食记"对这个失衡世界的某种平衡。

呻思吟想

思想可以书写，可以言说，可以歌唱，也可呻吟。
呻吟的思想无关病恙，且行且思，且思且吟，犹如
一个独行者，在荒山野岭哼着小调，为自己壮胆。

自说自话的世界

母亲天性热情，心挂亲人、友人，乐于管事，上至国家大事，下至邻居家的鸡毛小事，都想了如指掌，逐渐形成爱聊天、也会聊天的性格。如今，母亲已经八十多岁，年老耳闭，加上眼睛不好，沟通起来十分费劲，我们几乎是用"高声大叫"方能交流。尽管她仅仅以有人与她说话为最大快乐，但她还是只能生活在自说自话的世界里，其中的孤寂与隐痛，唯有自知。

岳母比母亲年轻几岁，她们最大的共同点是健谈。她们年轻时是闺蜜，无话不说，结为亲家后，话更加多了。年老后，她们的聊天内容基本上没有统一的主题，更没了年轻时的争执——一个讲天上，一个讲地下，根本没有听懂对方讲什么，但还是热闹非凡，经常是我们再三劝说才去休息。这种实为自说自话的形式化交流对话，对于老年人来说，也许就是开心快乐，至于说的内容是什么，她们不在意。

逢年过节是家人交流的最好时候。但现在，亲人见面，寒暄客套之后，无论大人还是小孩，又各自回到了手机世界，不再有晚辈围着长辈聆听"拉家常"的情景。手机使人失去了从人际交流中获取信息的欲望，更是颠覆了"老人言"的权威性，每个人都沉浸在自己的独立空间中。海德格尔说"语言是存在的家，人就居住在这家中"，但当语言仅仅是自言自语而失去交流性时，语言之家就会支离破碎；当人局限于以绝对自我为"家"时，语言交流也就成了不必要的多余；当我们自得于自说自话的独立性时，家的依赖性也就在各自的独立中消失了。

中国式饭局应该说是颇具交流意味的场域，或是有主题，或是有共识，或是老友交新朋，或是求人办事，否则不会聚到一起。可如今的饭桌，看似氛围热烈，欢声笑语，推杯换盏，但基本上是心思各异，自说自话，不着边际，很难有共同的兴奋点。C位主持者自造主题，他人附和；寡言者思前想后，欲言又止；沉默者埋头吃喝，察言观色；戏言者风花雪月，无关正经。即使聊到了某个共同话题，也是含含糊糊，三言两语，无认同，也无争执，点到为止，心不领，神不会，"哈哈"而终，自得其安，各得其所。自说自话、懒得说话，甚至无话可说的世界正在悄然形成。

不能说如今的学术界不活跃，各种学术会议应接不暇，或为完成研究机构、平台、学科的评估考核任务，或为完成财政预算的经费指标，而真正为学术而学术的会议并不多。学术需要交流，而学术交流的实质贵在学术讨论，需要有不同观点的交锋，需要有认真严肃的学术批评，最后形成不同的学术流派，这才叫学术的繁荣。虽然学术会议都有主题，但基本上都是"题不为主"，无论是主旨发言还是分组讨论，大多为自说自话，在热烈的掌声中结束。即便有提问环节，提问者也并非质问或反对，而是对他人观点的拉长或拓宽而呈"无知者"的谦虚态。在学术的世界里，我们正习惯于自以为是，自说自话，自得其乐。

当今的世界正处于难以达成共识的时代。好不容易在"全球化"的旗帜下实现的交流对话、求同存异，戛然而止。究其原因，各国的自尊、自信意识的提高在历史上任何一个时期都是从来没有过的。似乎只要是文化与文明的信息能存在于互联网就是"世界"的，如果没有回应、没有对话甚至交锋，都只是一厢情愿的"独白"，仅仅是自说自话而已。如果每个国家与民族都死抱自身文化文明的独特性、至尊性与排他性，非但不会增进世界多元文化，反而是在挫损世界的文明整体性。因为任何文化意义上的自说自话，其狭隘自我的意向性指向只可能是"互损"，而无法生成具有本体意义的多重"共享"可能。在自说自话的世界里，文化在撕裂，文明在消退。

自说自话的世界是一个由自由而"自油"的世界。言论自由、表达自由、参与自由是人的权利，特别是后工业时代人最重要的精神需求，而自由并非都是"由自"，现实生活中的自由总有诸多限度与限制。当我们以自语的方式"躲进小楼成一统",想逃避外在约束时,看似获得了自由,特别是精神自由,但与此同时也会带来精神消磨,成为精神油腻。精神油腻是一种由自信自得开始到自以为是的自我循环与麻木,其最大表征是精神自满而又敌视他者,直到精神的无精神(有气无力)状态形成,出现精神死亡。

白说自话的世界是自闭而自毙的世界。时下有两个热词同样适用于我们的精神世界,那就是"内循环"与"内卷化"。当精神系统缺少危机意识而拒斥外在信息输入时,只能是自我说明、自我解释、自我循环。精神领域的内循环也许可以实现创造性周转,但根本无法实现创新性突破,因为突破的前提是要有出口,在出口中选择出路。精神的内卷化就是越追求精神,就越没有精神,精神产品的量越多,精神状态就越拙劣与僵化,总是在精神追求中丧失精神,在追求意义中丧失意义。没有开放包容的精神世界,只能是因内卷而慢性自毙。

要走出自说自话的世界,需要自我否定。在竞争性的世界里,我们习惯了"零和游戏",习惯了"丛林法则",千方百计去否定别人,战胜他者,唯独缺少自我反思与自我否定。之所以自说自话,是听不到也不愿意听别人言说,甚至认为别人都是"瞎说",唯我独尊。没有深刻的内部反思,就无法看清"外面的世界多精彩";没有真正的自我否定,就无法获得脱胎换骨的"新生",始终只能处于边缘化、离散和脱钩的状态,只能被动等待外部的催化,而无法产生自我蜕变的再生力量。

要走出自说自话的世界，需要真实显现。现代科学技术，特别是互联网和自媒体为我们隐藏真实的自我提供了条件，同时也强化了这种真实的"假装"。假装的真实完成了言说的自信，自信的话语又撇开了对他者的顾忌，在"我"的世界里一切都是多余的。我们只有放下手机，离开网络，逃离虚拟，才会有生命的真实呈现。正如列维纳斯所言，表达者与被表达者的一致，需要超出形式之外的面容显示，面容才是活生生的呈现（在场），它本身就是表达，表达的生命在于拆解一切形式。在原本不需要过多形式的言说世界里，自说自话是一件难事，也是最痛苦的事，可如今我们趋之、乐之而无法自拔，直至可能自我毁灭。

我们走出自说自话的世界后，将在崭新的世界里找到真正的自我。在复杂的生命世界中，只能从依赖中去开启自主、从多元中去开启一致、从包容中去开启正确、从敬畏中去开启自信，因为"生命是结合的结合与分离的结合"（莫兰语）。

"低美感社会"的锅，人人都要背

　　不久前，《新周刊》发表了一篇封面评论《"低美感社会"的锅，到底该谁背？》，评论认为目前"恶俗粗鄙低劣不堪的文化审美，已人神共愤"，且归因于公权力使然，"美感缺失，甚至毫无审美的公共产品，多是颟顸傲慢公权干扰的产物"，并列举了各地灵堂店招、公墓造型的公共饰物等。评论字数不多，但切中时弊，引人深思。

　　无论官方还是坊间，也无论线上还是线下，"美好生活"应该是当下使用频率最高的一个"流行词"。但是，真要准确把握"美好生活"的真谛，恐为难事。因为不但"好生活"有物质的、制度的、人伦的、观念的等多层次呈现，"美"也会因人而异、因时而异、因境而异。如果把"美"与"好"加在一起，就更加具有想象空间了。既然老祖宗造词把"美"置前，是否喻示着"美"对"好"的某种"优先性"？以至于有人说"美好生活的本质，就是美生活"，这也是有道理的。

令人遗憾和不解的是，当我们享受着丰富多彩的物质和现代科学技术带来的便捷的时候，反而似乎对美麻木、冷淡了，已然没有了渴求和激情，甚至美丑不分、以丑为美了。这也许就是人们现在常说的"低美感社会"或"无美感社会"的来临，如置办土味家居、认可塑料设计、肯定奇葩建筑、赞美网红脸、规划非人街道、玩转伪古风等。简而言之，就是宣扬一切与丑有关的意象。《新周刊》更是把中国人患上的审美匮乏症概括为十大病症："丑形象""土味家居""奇葩建筑""非人街道""塑料设计""网红脸""伪古风""广告有毒""抖式快感""文化雾霾"。这些现象与公权力的滥用有关，同时也与整个社会审美意识的普遍匮乏有关。

要想过上真正的"美好生活"，不仅仅要解决好发展不充分、不平衡的问题，还要从"美好生活"中挖掘出美的价值，确立美的标准，让生活先"美起来"，抑或让美成为好生活的首要标准，因为只有美的生活才是好生活。如果说"爱美之心，人皆有之"体现的是爱美的普遍性和平等性，那么"让生活先美起来"则表明爱美的优先性和责任性，创造美、欣赏美则要"从我开始、从现在开始"。休谟曾经认为，美是各个部分之间的这样一种秩序和结构：由于人性的本来构造，由于习俗，或是由于偶然的心情，这种秩序和结构适宜于使心灵感到快乐和满足。这就是说，美是基于人性的东西，是让人快乐和幸福的东西，在某种意义上具有价值的优先性，"没有比快乐更快乐的事"。

真善美是人类所追求的永恒价值,三者之间会呈现出某种"价值阶梯"或"价值排序"。真,表明人对外界客观事物的根本态度,要实事求是;善,表明人对人伦关系的处理原则,要有利于他人(群体);美,表明对自然界和人自身的某种超越,要愉悦和圆融。所以,美基于真、善而又超越于真、善,带有某种"超然"状态。正是在此意义上,康德认为"美是无一切利害关系的愉快的对象"。张世英先生也认为,人生有四种境界:欲求境界、求知境界、道德境界、审美境界。其中,审美为最高境界。当下国人的生活基本上还停留在物质和知识层面,追求善价值的也不多,更没有美的维度了。所以,我认同"全民要恶补美育"的说法。强化全社会的审美意识,在社会生活的各个领域提出审美要求和评价标准,已成为实现美好生活的当务之急。

审美具有一定的主观性和个体差异性,各入各眼,见仁见智,不强求统一,但也不能因此没有一个最基本的美丑标准。特别是文化审美,社会公共文化价值的传导必须是积极向上的,我们的媒体必须倡导一种清新、健康的审美观。但从"网红脸"可以看出,现在我们正在陷入集体无意识的恶性循环,甚至出现一种美学垄断,以致人们开始丧失对美的天然感知,误认为男女都不分的"网红脸"就是美的标准,违背这种标准的就是丑。还有娱乐媒体打造的"娘炮"形象,使我们失去了对阳刚之美、粗犷之美的感知。至于那些30岁时成为嘟嘴卖萌的蕾丝控、50岁时挥舞纱巾闯荡天涯、镜头下肆意展示浓密的腋毛、在正式场合中露出黑色西装裤下的一截白袜，或者跶着人字拖忘情踩踏五星级酒店的高级地毯等的形象，全然是真不懂美、审美教养缺失的结果。如果一个社会美丑不分、美丑错位，甚至美丑颠倒，还会有美好生活吗？这就需要有专门的公共机构来引导公民的审美取向。

"低美感社会"的形成也与美育的匮乏与错位有关。我们虽然倡导德智体美劳全面发展的教育方针，但始终只把知识教育放在第一位，把考分与升学率作为教育的指挥棒，才造成了"文盲不多了，但美盲很多"的现象。同时，即使是美育教育，也是停留在传统形式上的"寓教于乐"和"技能主义"上。我们实际所面临的重要问题是，面对中国社会文化的现状，审美教育应从根本上变革自身形式，不是把美育当手段，而是培养善于创造美、欣赏美的一代新人。同时还要建立含有审美要求的新人文精神，在构建新人文精神的过程中，让当代审美教育活动引领大众文化，而不是让低俗的大众文化降低社会的审美标准，甚至误导人们走向丑陋。目前，一些娱乐媒体没有正确的价值导向，放弃起码的审美底线，在"娱乐至死"的同时，也把美葬送了。

能否拥有美的生活，与个人的审美能力也密切相关。没有人不渴望美好生活，但并不是所有人都能发现美、欣赏美。诚如罗丹所言，"美是到处都有的，对于我们的眼睛，不是缺少美，而是缺少发现"。发现美，需要一定的审美能力，只有拥有审美能力的人，才能知道什么才是真正美的生活，才能活出美的样子，才能真正品尝到美所带来的人生愉悦。我们每一个人都要自觉提高审美能力，学会用美来审视生活、用美来评价生活、用美来滋润生活、用美来装点生活，否则真的会犯没有审美能力的"绝症"。审美生活是美育社会功能的重要体现。它一方面发掘社会生活中固有的美来启迪人心，培养高品位的生活情趣；另一方面又以自身特有的方式来提高人的艺术生活能力，从而提高人们的生活质量。从这个意义上讲，创造美的生活人人有责，"低美感社会"的锅人人都要背。

为师者"三思"

来我家中闲聊的朋友，无不对书房以"三思书屋"命名提出猜测：是不是取意于孔老夫子"三思而后行"的训导？是不是想掠大文豪鲁迅"三味书屋"之美？其实不然，"三思书屋"之要义在于：尚思、勤思、出思。

文人一生最渴望的是拥有一个属于自己的书房，因为那是学习知识、产生思想的场所，也是享受清净、体验孤独的小窝。1983 年我大学毕业，在人生的十字路口，选择了教师这一职业。这倒不是什么"为人民的教育事业而献身"的崇高理想所致，仅仅是想做个优秀的文人、有思想的学者。

大学毕业我被分配到一所很不起眼的大学，教学科研条件非常差。令人欣慰的是，当时有几个学哲学的"神侃"在一起，天南海北，一顿乱侃，其乐无穷。哲学真是"万能之学"，竟让那些学理工科的同事羡慕不已，甚至以我们几个哲学老师为核心组成了"牛皮公司"。中午我们在公共食堂一起吃饭，十几个人天文地理，一"吹"就是一个多小时。晚饭后时间更是无聊，只能以"瞎侃"来打发时光。一年后，我发现这种"神侃"的方式，使自己在课堂上可以不看讲稿出口成章，不但提高了表达能力，也激发了思想的活力。于是我在寝室兼书房里（当时是两人合住一间），用很不像样的书法写下了"三思书屋"，压在书桌的玻璃底下，以作鼓励。也就是这几年，我开始步入科研之路，踏上了思考之路。

研究生毕业后我有了单独的居室，从某种意义上讲有了书房。于是我找了同校的一个小有名气的青年书法工作者，正式为书房题名"三思书屋"，装裱好挂到了墙上。后来迁居咸嘉新村，我终于有了一间名副其实的书房，特请大哲学家、书法家曾钊新先生题名"三思书屋"，并用优质材料雕刻，悬挂在书房正门。走进书房，仿佛有种使命感、神圣感和归属感。

文人，尤其是大学教师，要崇尚思想。思想是个性化的产物，也是人类意识的积淀。它不同于知识，知识是建立在普遍信念基础上的概念系统，而思想正是建立在怀疑论基础上的对已有知识的反动；它也不同于技术，技术是基于经验层面的对人物矛盾的处理方法和程序，而思想是基于人的终极关怀的先验直达。一所大学，不但要有知识、有技术，更要有思想。思想是大学的灵魂，大学是思想的殿堂。思想从何而来？从人文科学来，从人文学者来。现代大学教育的最大失败在于重知识和技术、轻思想。"知识就是力量"是对无知者而言的；"美德即知识"是对无智者而言的；"知识是一把双刃剑"是对无思想者而言的。现代社会是一个知识选择的时代。知识也是最含糊不清的一个概念，什么叫知识就解释不清。现在除了自然科学知识，还有人文知识，除了专业知识，还有非专业知识，甚至还出现了知识自身的形态结构和非形态结构的区分。也就是说，知识已经意识到了自己的非知识，就是现代知识已经意识到了自己的知识是非知识。我感觉到了现代的一种无形的知识形态，这种形态就是思想。一个优秀的学者，要在无形的知识上下功夫。所以知识分子不在于有知识，而在于你有什么样的知识和选择什么样的知识。现代大学教师的主要作用不是传播知识，而是创造新的知识，思想就是新知。这就要求我们每个教师在教学科研中始终以思想为重。

教学要体现思想性。大学教师不同于中小学教师的地方在于他是讲自己的东西，即便是讲授别人的文本也要进行思想性解读。现在大学课堂的教学效果差的主要原因是教学内容陈旧，而我们的教师又是照本宣科，甚至是一字不变地念教材。这种教学方式，特别是对文科类专业而言，实在太低级了。学生基本上看得懂教材，要教师干什么？教师就是要根据某门课的知识体系阐发新的思想。这种思想性课堂一定能吸引学生，当然，这要有厚实的科研基础。从这种意义上讲，科研要优于教学。事实上也是如此，一个没有科研的教师，教学效果也不会太好，甚至很差。尊重别人的思想，致力于创造思想，是大学教师的神圣使命。

科研更要体现思想性。现代工具主义和功利主义的阴影笼罩着学术界，加之我国学术制度不合理，导致了学术泡沫时代的到来。重复性研究的学术论文和著作泛滥成灾，加上大量的学术复制品，使学术的神圣性遭受了空前的践踏。科研贵在思想，思想贵在精深。要强化科研的精品意识，建立一种新的机制，鼓励老师们沉下心来，十年磨一剑，研究出真正有价值的东西。如果大家都忙于完成各种量化指标，为了一点科研经费而整天去做那些趋时性课题，学术的殿堂终会倒塌，后人写这一段中国思想史的时候会耻笑我们。

大学教师不但要崇尚思想，也要勤于思考。勤思不是一个时间性概念，每天二十四小时不休息，不能说是勤思。勤思从根源性讲就是看问题、想问题、解决问题要用理性，也就是我们所说的理性思维。对于理性思维来说，一切断言都要给出特定的根据。根据意味着在某一论域层次上的更高的存在地位。我们在思考问题时往往要面临两种不同的道路选择，要么放弃严格的逻辑要求而将经验或某种现成的权威性论断作为开端，要么坚持理性所指的方向而放弃理论独断，依循理论概念的某种存在属性向更高论域过渡。所以理性思维的本质就是反对独断论。对别人思想观点不加分析、盲目认同，就不是勤思。勤思从致思方法上讲就是批判性思维，反对任何经验论或社会权威的理论独断。目前理论研究的一个重大缺陷就是表达上的独断论形式，其后果是由独断论的片面性所带来的理论体系的破产和理论论断的贫乏。一个大学教师应当具有非常强烈的批判意识，不能人云亦云，要用自己的脑袋思考问题，对任何理论判断都敢问"为什么"，这就是勤思。

正因为对问题的思考方式不同，才产生了不同层次的知识分子，主要是学者和专家。学者和专家的区别在于，专家是传播知识或创造知识；学者不是对既有知识的一种简单重复，也不是简单地为人类知识宝库增加"库存"，他主要的使命是批判现存知识，从而给人们一种生存和发展的自由度，或者是戳穿现代知识的谎言。学者的使命就是启蒙。启蒙不是从无到有。你没有知识教给你知识，这是发蒙。我们过去讲的启蒙课本不是启蒙。启蒙是什么？启蒙就是启自己的知性，以便于自己不被现存知识所蒙蔽，启蒙就是一个不断地解蔽的过程，解蔽意味着对现有知识的批判，这就有生存风险。所以，大学老师应当有自己的思想，要"出思"。写一些任务化的论文和著作，能不能证明自己有思想？不能。组织一群人编教材能不能证明自己有思想？也不能。大学要对文科教师倡导一种"代表作意识"，也就是说你总要有一本乃至几本体现自己思想、有学术水准的著作。这种著作是独创的，里面的内容是其他地方找不到的。有了这样的专著，就是合格的大学教授。我曾听说，有人评教授的时候，背了一麻袋成果，结果没有一件有自己的学术思想。这样的教授在现在的大学里比起那些"三无教授"应当说是很优秀了，但如果都是这样的教授，不但大学会完蛋，人类的思想之河也会断流、干涸。

以"三思"自勉，深怀宁静致远之心，坚持秉笔直书的传统，不贪求众人的同声喝彩，只牵挂天才的一丝窃笑，以纯粹学术的忠诚所换来的真挚温补道德社会，是我一生的理想。

本命年里话"命理"

作为一种心理调节机制，相信命运没有什么不好，也不是什么好笑的事，尤其是在"本命年"。我今年 60 岁，正是本命年。临近年末，临窗而坐，一壶黑茶下肚，回想起年初的那些担心，甚至想到了前四个本命年的那些切身遭遇，不由得心生寒意，一阵战栗。这并非无端，也并非有意。既然有"命运"之说，自有其"理"存在，只是我们常常无暇体味罢了。"命理"是活生生的，就在"命里"，由不得你不信。

"本命年"是颇具中国文化特色的一个词，过去一般是指五行数命的回归之年，也就是 60 年为一本命年，现在人们通常指 12 年一遇的农历属相所在之年，也叫"属相年"。"本命年"在民间称"槛儿年"，即过本命年如同要迈一道槛，不容易过去，因为"本命年犯太岁"，"太岁当头坐，无喜必有祸"，所以本命年常被看成不吉利之年，会有不吉利之事，如生病、破财、犯小人，甚至可能要披麻戴孝等。总之，本命年里诸事不顺，凡事必须小心谨慎。我就经历过一些"不吉"，如12岁时游泳差点被淹死等，这不是心理"归因"，是真实存在。

中国人的生活智慧很发达，有一整套逢凶化吉的办法。在本命年，中国人常常用红色来冲洗灾祸。据说，这种风俗最早流行于北方，每到本命年，无论大人小孩都要系上红腰带，这叫"扎红"。后来南方人也仿效，本命年要穿上红背心、红裤衩之类，认为这样就可以消灾避祸、趋吉避凶。据说这些红色穿戴若由"红颜"所送，效果更好。我不太清楚，本命年的红色讲究是不是源于中国传统文化对于红色的崇拜。既然这种传统可以延续至今，自有其道理，因为只有生活经验对生活才具有真正的解释力。红色是太阳的颜色、是血的颜色、是火的颜色，象征着喜庆，也带着杀气。新年贴红对联，婚礼中的红嫁衣、红盖头、红蜡烛，新科的红榜等，红色成为喜庆、成功、忠勇和正义的象征。用"本命红"对付"本命厄"，应该是"以色克命"之理。

刘心武先生写过一篇题为《迈过"本命年"的坎坷》的文章，他也认为本命年是个"坎儿"，但这并非一些神秘莫测的原因造成的，而是心理作用的结果。如，12岁时，心理上的坎儿是失去应有的童真，可能导致行为上的越轨；24岁时，心理上的坎儿是"愤青"，对社会、对长辈，尤其是对固有的传统、规范，打心底里流露出反叛的情感，追求颠覆性、破坏性的快感；36岁与48岁这两个本命年中，心里的坎儿要么是自我肯定过头，要么是自我否定过头；60岁时，心理上的坎儿又转化为要么愤世嫉俗，要么心灰意懒，这些心理危机又转化为生理上的疑神疑鬼，总觉得自己"不行了"。想平安度过这几个心理危险期，就不能仅靠"本命红"了。既然是心理问题，当然要靠心理来自我调节，这是"以心抗命"之理。

我是信奉"以运抗命"之理的。"命"是与生俱来的，所以叫"生命"，"命"是"生"的"先在"和"定在"，"生"是"命"的承载与呈现。你一生下来就是"灾民""穷人"甚至"残疾人"，这都是"命"，怪不得谁，也怨不得谁，这是必须要"认账"的。如果对"命"认账了，"生"就"活"了，这就是生活，这就是基于"命"的"生活总得过下去""好死不如赖活着"的道理。正是因为"活着"在"生"，"生"在"活"中，总是会有一些运气的，这就是上天的公平，为我们提供了"以运抗命"甚至"以运变命"的机会，这也就是"命"相同而人生结局不同的原因。"命运"是先天决定与后天努力的"合体"，如果认"命"而不善把"运"，命就会"苦"；如果认"命"而把握了"运势"，命就会"好"。这就是"以运抗命"之理。当然，"运"从何来，不是每个人都清楚的，完全取决于个人的审度能力，审度能力又来源于知识与见识，"读万卷书"和"行万里路"就成了我们的人生必需。同时，"运"是"动"的，不会坐等你来"碰"，只有主动进取，积极作为，才能抢占"先机"，才能"走运"。机会总是给有准备的人的，有准备的人总能碰到好运气，人生无非"时刻准备着"，无论进行时，还是将来时。

命运是客观存在的，无论个体，还是人类，后者比前者还重要，因为人是"类"的存在物，个体的命运取决于人类的命运。人类是单个人的"自由联合体"，人类的命运就是"在一起"，友好地以"共同体"的方式"在一起"，这就是和平。但个体和群体在资源有限的情况下，常常想到的只是自我生存，而不顾"类"的命运，争斗或战争由此而生。只有大家一起"做大蛋糕"，才能不彼此伤害。发展才是硬道理，发展就是人类之"运"，发展得好，人类之命就好；发展得不好，就是人类的自我灭亡。如今，人类向何处发展、怎样发展，还真成了问题。特别是智能时代的到来，对人类命运的忧虑绝对不是多余的，相反是大事，是天大的事，这才叫"人命关天"。

祝自己好运！祝大家好运！祝人类好运！

学会过美好生活

　　克里夫·贝克的《学会过美好生活》在 1998 年由詹万生等翻译，由中央编译出版社出版。时隔 20 多年，我还是觉得这本书非常有价值。当代中国社会的主要矛盾发生了根本性变化，已经是人民日益增长的美好生活需要和不平衡不充分的发展之间的矛盾。正确认识和把握这一重大政治论断和理论命题，并不是一件容易的事。重读《学会过美好生活》一书，也许会有诸多新的启发。

　　美好生活问题的讨论应该置于价值哲学领域。美好生活不应该过多依赖于所谓"幸福指数"的描述或刻画，而是应该根植于人性本身，以及在此基础上形成的"基础价值"。"在很大程度上，价值根植于人性本身"，而基础价值是人类切实所追求的，如生存、快乐、健康、幸福、友谊、同情、助人、自尊、被人尊重、发现、自由、美感体验等。这些都可称之为

"基础价值"，因为它们本身就是目的，它们最终让生活变得美好，它们是对"美好生活"的最佳定义。尽管基础价值的具体内容会因时代、社会的变化而变化，但"生活没有所谓拱形结构及地基"，"基础价值是人们所追求的，并且它使人们得到满足而自我实现，这已经足够说明问题了"。言下之意，基础价值是不需要外部解释的，甚至就是美好生活本身。任何离开人性的美好生活都不可能美好。

道德是不是通向美好生活的一种手段？我们发现，《学会过美好生活》一书没有将道德列入"基础价值"清单，因为克里夫·贝克始终认为，"不应该把道德看成是目的本身，而应看成是通向美好生活的一种手段，无论是对于我们自己还是他人而言都是一样的"。比如，真诚与信任作为一种道德价值，不是因为它本身是美好的，而是因为它们可以让大家生活得更美好。有时，为了人类的整体幸福或他人的幸福，不得不说谎（善意的谎言）。这里，道德并没有沦为利己主义的代名词，恰恰相反，"它对每个人的美好生活都是很重要的"，道德的本性是利他，而每个人面对的"他者"，其实就是每个人的"自己"。当某种权威以道德禁令进行训诫的时候，我们必须"明白这些禁令是为了谁的幸福"。道德、幸福、美好生活之间的复杂性关系尽管还需要进一步辨析，但不学会道德的生活方式，没有健康的道德思维，就不可能有美好生活。

宗教于美好生活也是一种手段而非目的本身。时下思考美好生活问题，很少有人将其与宗教生活联系起来，除了我们对宗教的某种特别的谨慎，还与我们对美好生活的狭隘性理解有关。美好生活应该是进步目的性与神圣目的性的结合体，我们往往偏重前者而忽视后者，这是现代性的病根。其实，"宗教的全部意义是促进人类发展完善，帮助人类过上美好生活"。"人类任何行为与活动都应该是促进我们自身与他人的幸福。任何宗教、道德、政治体制或教育机构都没有理由去追求自身的目标而牺牲人类的利益。"我们可以不信仰某种具体的宗教，但必须有情怀；我们修炼不成圣人，但我们要努力追求神圣。美好生活如果没有了神圣感，充其量也只不过是动物性意义上的快乐生活。对美好生活的追求，离不开神圣境界。

美好生活无法回避社会灾难与人生苦难。美好生活的最大阻碍当然是社会灾难和人生苦难。社会灾难或由自然因素造成，或由人自身因素引起，前者叫自然灾难，不可避免；后者叫人为灾难，可以避免但常常难以避免。所以，追求美好生活，"必须坦率地承认生活中有坎坷和曲折"，因为世界总是处于变动之中的，生活总是过程性的，没有永恒不变的美好。我们必须学会"从在绝对中寻找生活的意义和方向，到从错综复杂的过程中和具体形式不断变化的基础价值中去寻找生活的方向和意义"，从而随时做出某种调整。人类生活免不了"自我犯贱"，经常发生错误，特别是某些政治家们的决策错误，"承认我们会犯错误，这对于过美好生活是至关重要的"。然而，"我们能够相当有信心的是：如果我们在每一个关头迈出的每一步看起来都最有可能是合理的话，那么，总的来讲，我们的生活就会向好的方向发展"。其实，不管我们如何小心谨慎，坏运气总会损害生活，"人类生活从来也没有而且永远也不会有完美无缺"，尽管我们宁愿相信生活可能会更好。过美好生活要有应对各种突如其来的灾难与苦难的心理准备与能力。

美好生活与我们对价值的持同与微调相关。价值，哪怕是基础价值，虽然在不同的生活结构和个性结构中内容会有变化，但"同等普遍和重要的问题是它的连续性"。如果我们恪守的基础价值朝令夕改，并以个性需要为理由，那么，美好生活就可能变成"浪漫生活"。因此，"在追求美好生活的过程中，改变价值并不总是我们要考虑的最重要的事情"，我们要对人类生活经验基础上的普遍价值具有持同态度。但是，美好生活总是比较性的，无论现在跟过去比，还是自己与他人比，历时性的比较容易产生满足感，横向性的比较容易产生失落感。所以，人类总是在不断努力，稳步地发展、完善着价值系统和生活方式。这种发展完善不是替代性的，不是更弦，而是调弦，以求更准确的音符。所以，革命或变更不是美好生活的常态，美好生活就是通过"微调"价值观以实现生活的"平衡"。犹如在物质生活丰富多彩的今天我们依然苦恼而想"回到过去快乐的童年"一样，"回去"也是一种美好生活的"微调"方式，美好生活未必就是不停地"向前奔跑"。

《学会过美好生活》一书吸引我的，不仅是书中的观点与内容，更是它的名字。"学会过美好生活"是否意味着"美好生活"根本就不是一种客观存在，或者说美好生活不是一个存在论意义上的概念，而是"过"的流程性产物，是实践性（活动性）的。与此同时，这种对美好生活的"过"的能力不是人天生就具备的，而是通过后天学习、他人教育的结果，那么在没有美好生活之前，谁又有资格教别人如何过美好生活呢？如果我们没有"学会"，即使生活再美好，我们也难以过上美好生活，那是否意味着有朝一日我们真的没有过上美好生活（也许是发展不充分、不平衡造成的），反而把责任归结为我们没有"学会过美好生活"呢？还要背上"身在福中不知福"的道德骂名？所以，美好生活问题的讨论还需要慎重、需要深化、需要拓展，《学会过美好生活》一书仅仅是提供了思虑问题的一个角度而已。

今天我们还能隐逸吗？

近日读得蒋星煜先生的《中国隐士与中国文化》一书，感慨良多，就以"隐逸"为题，择其要义，启其思虑，自问自答、自明自愚吧。

公众号是我这几年的寄托或解脱，忙时闲置，闲时勤耕，毕竟只是为了打发时光。头两年还有些写作冲动，收拾起来，整成了两本小书（《伦理与事理》《成人与成事》）。现在有些"应付"和"维持"了，甚至莫名其妙地生出些犹豫来。四年前开通公众号，完全是为退休前做些"耗时"准备，以免"老年痴呆"，谈不上写作，更无意成为"网红"，充其量就是敲键盘"码字"，过一种"隐逸"的生活罢了。因为真正意义上的写作是要"书写"的，那种"心""手""意""气"的合一功夫，除几个真正会"写字"的，现代人鲜有具备。

我这一辈子，说起来很可怜，除了认得几个字和能码几个字，没有任何本事。万一有一天，这些活被机器人抢走了，我就是一个十足的"废物"了，随时可能被清除。还好，这几年通过"码字"，阅读量大了，打字速度也快了，想事也多了，时评、随笔、散文、微小说、诗歌、札记、短论、学术论文，什么都写，有感而发，自由中带着几分惬意，就差"日记"体裁了。

人与一般动物不同，不仅仅是有事找事，而且没事也找事；不仅仅为了吃饱，而且吃饱了一定会"撑"。"撑"得慌时，就需要去寻找发泄途径，美其名曰"精神需要"。精神需要的满足，可以超越物质体自身，获得心灵的自由。自由的本质其实是"由自"，即一切可以由自己来，可以随心所欲，可显可隐，可入可出，游离于世间，想象于世界，随循于世道。

自由写作本是文人的存在方式，并非都为济世度人，大多是思想意识的自然流露与自我"循环"，如同吃喝拉撒睡一样自然。我一直困惑于时下对"发表"这一概念的理解，网络上的文字似乎就是发表了，好像只要被人看见就是发表了。如果是这样，那些厕所文学与广告，那么多人看见，那也应该算发表，难道也要进行立场分析和价值分界？凭我有限的知识与理解，微信、博客、知乎等都应该是"私域"，是隐逸之地，具有不被干预的某种权限，网络写作应如同纸质写作一样自然，无非"黑白形构"。当然，那些功利性写作，自然多了些"机心"与"蓄意"，往往很快会消失于人们的世界里，比生命的消逝还来得快些，远没有与生命节律共振时略带忧伤的写作铭心刻骨。我喜欢雨果、普希金、鲁迅、蒋光慈、刘心武、野夫、莫言等人的作品。个人喜好，与能量正负无关，与他人无关。

无奈，人天性自由，但无不处在枷锁中。人的生存智慧往往会超越人本身，活着，有时靠的不是顽强，而是智慧。现代科学技术正是看中了这一点，拼命在"智"上做文章，于是有了智能人。我无法判断，智能人是否会取代自然人，但至少不要让智能人把自然人的"隐逸术"偷走了。人的肉身已经无处躲藏，但愿人的思想和心灵还可以"隐逸"。

我很羡慕士人（中国古代文人知识分子）的生活方式，出隐之间，收放自如。在春秋战国时期中国人就基本确立了自己的文化形态，并形成了统一强固的价值系统。与此同时，对抗这种系统的诸多因素也开始显现，隐逸传统就是其中之一。由于儒家的文化理想与禁锢的封建等级形成了一个难解的死结，作为对"入世"的政治意识形态和价值观念的矫正，强大的"出世"隐逸传统便产生了。

孔子不是隐士，甚至反对隐逸，但他的思想中仍有隐逸的成分，因为他讲过"无道则隐"，认为形势不妙的时候就"隐居求志"，表面上是追求"存身求仁"，审时度势，待机而动，实际上是一种明哲保身的处世策略。此举算得上"高明""聪明"，中国大多数文人也学这位祖师爷，不出头，不说话，当看客，重权变、保身、待时，等别人碰得头破血流，再当事后诸葛亮，感觉这个"道"可以等来。如果固守"任重而道远"，仅仅"过犹不及""执两端而用其中"，非但"方"者不得其"智"，反而是"圆"者得其"滑"，"道"从何来？"圆"者多了，"方"者自然倒霉。

真正意义上的隐逸者应该是庄子。他超越了孔子的"道隐"而实现了"心隐"。庄子认为，儒家那些"道"不是正道，是骗人的东西，人的问题出在欲望太多。特别有意思的是，庄子把扰乱人们心态的东西分为二十四项："贵富显严名利六者，勃志也；容动色理气意六者，谬心也；恶欲喜怒哀乐六者，累德也；去就取与知能六者，塞道也。"就是因为有这二十四项，我们才有烦恼。并且，"此四六者不荡胸中则正，正则静，静则明，明则虚，虚则无为而无不为也"。庄子想让人的心灵超乎俗世来实现至纯，通过心隐来实现身隐。问题在于，现在是网络全覆盖，还有"天网"与"天眼"，再也没有南郭子綦那样的山洞了。加上那些无孔不入的商业广告，使人难以"心若死灰"，更谈不上"吾丧我"的境界。

问题在于，士人想隐也未必能隐。在许多朝代，统治者是不允许你隐的，认为隐就是不合作，不合作就是"反对朕"，就有可能被杀头，于是就有了"朝隐"之策。实际上，从秦代开始，博士制度把士人变成了官场中的一员，使其失去了自由的身份。汉承秦制，这一政策在后来得到了强化，知识分子为了保持独立人格、社会理想与审美情趣，只得朝隐。所谓"朝隐"，就是在朝而隐，不隐于"深山之中"与"蒿庐之下"，而是待在"体制内"，但不积极作为，仅为避世全身，如汉武帝时东方朔提出的"避世金马门"之法。从某种意义上讲,朝隐通过合法的身份安顿自己,做些力所能及的好事,甚至不惜以俳优之法来"谈言微中",是实现个人价值的较好方式,也能向社会昭示还有清流、正义与希望存在。无论是东方朔式的倡优,还是李东阳式的亢直、李泌式的待时和王徽之式的凉心,虽没有"杀身成仁"的悲壮,但也在隐逸中成就了自己的人格,以至于后来形成了中国文人"大隐隐于朝"的传统。历史证明,有朝隐的年代还是有希望的年代,因为至少有一批士人用良知与人格在支撑。当然,如果知识分子连起码的社会理想、良知良能和独立人格都丧失,完全被官制同化,那将是另外一番情形。

既能在"朝隐"中获利,又能固守自我,当然是好。问题在于,中国古代知识分子为了逃避政治斗争而甘愿自隐山林。这就是"林隐",即辞官而隐于山林泉石,就是李白所说的"红颜弃轩冕,白首卧松云"。时至魏晋,隐逸文化盛行,无论是正始时期的何晏和王弼,还是"竹林时期"的分化,抑或陶渊明的隐居,都表现出一种寻求解脱的无奈与辛酸。这些隐士都是"志深轩冕"之人,但生不逢时,处无道之世,进不能攻,退不能守,做正臣而不得,做隐士而不甘,只能发出"刑天舞干戚,猛志固常在"的呐喊,"林隐"只是不得解脱的解脱、不得超度的超度。我不清楚,时下还有没有这种"林隐"之人,如果有,那必须为这种"心志"和"必力"点赞。

至于白居易所倡导的"中隐",我认为从根本上违背了隐逸文化的初心，隐逸生活变成了世俗的价值取舍。"大隐住朝市，小隐入丘樊。丘樊太冷落，朝市太嚣喧。不如作中隐，隐在留司官，似出复似处，非忙亦非闲。不劳心与力，又免饥与寒。终岁无公事，随月有俸钱。……唯此中隐士，致身吉且安。穷通与丰约，正在四者间。"这种把具有超越特质的隐逸文化庸俗化为解决生计问题的策略选择，已经丝毫没有隐逸的人文旨趣。如今有些以"清高""超脱"而自居的文人，其境界不过是"中隐"罢了，与其说是"隐逸"，不如说是"苟且"，还没有朝隐心安。至于陆游的"半隐"与王安石的"禄隐"更是不值一提，因为它们与隐逸作为对现实政治的矫正价值背道而驰。

　　无论何种方式的隐逸，都基于"忍"。忍文化是隐逸文化的基础，它通过道德心理机制来实现对政治秩序的干预和优化。隐逸之人必是能忍之人，能做到"朝也忍，暮也忍；耻也忍，辱也忍；苦也忍，痛也忍；饥也忍，寒也忍；欺也忍，怒也忍；是也忍，非也忍"。这就不难理解明代园林为何大多以"龟壳轩""缩轩""息园"等命名。元代吴亮撰有《忍经》，强调了隐与忍的一体性。对于忍，我想说的是，忍从指向上是"可善"的，在对象上并非"全可"，从方式上讲就是"宽"与"恕"。忍是中国文化中特别有伦理意味的概念，希望今人多加关注，可从心理、道理、伦理、事理多维度思考，也许真正具有现实必要，这个世界真的少了点"忍耐"。

　　蒋星煜先生的这本书出版于20世纪40年代中期，正处抗日战争时期，所以他反对人们做隐士情有可原。他在书的结尾说："隐士的人生是悲观、保守、冷酷、倨傲、浮躁、衰弱、懒惰、滞纯、疏忽""我们要大声疾呼：勇敢地生活，不做隐士！"他的疾呼是对的，但他对隐逸文化的定性评价，我不敢苟同。也许我们的时代已经没有产生隐士的土壤，但它作为中国传统文化的"另类"补充与同步演绎以及它在中国历史上的作用，是不能简单否定的，何况中国的士文化传统还在承续，中国文人的风骨还在。隐逸还有可能，但可能性很小，最可能的结果是隐而不逸或逸而不隐。

数据主义与自由危机

　　近日读得夏予川的两本写大数据时代的长篇小说，一本叫《信息围城》，另一本叫《虚拟之战》。坦率而言，我平时很少一口气读完两本小说，一般都是将看小说作为出差途中的消遣，打发时光。这两本小说例外，读完有点令我心惊肉跳、神慌心悸。其中所描述的数据合成技术、隐私侵犯、书画造假、大数据相亲、退休式裁判等，远远超出我的认知与想象，想起来都害怕，特别是《信息围城》中的主人公李零与段维两个数据高手之间的较量。人性的善恶借助于大数据时代的科技利弊而充分暴露，让我不得不感受"数据独裁"对人的自由与隐私的暴力掌控而导致的无处躲藏，让我不得不思考在大数据这个无异于神的虚拟审判者面前我们该如何活着，该走向何方。让我思考得最多的是：在大数据时代人类还有自由吗？甚至还有谈论自由的自由吗？

数据并不可怕，可怕的是大数据并且还"化"、还"主义"。我们十分清楚，有些"化"了的东西、"主义"了的东西，不但会普遍化，而且会成为一种无法抗拒的潜在力量，让你无权选择，也无处躲藏，只能被迫"就范"。其实只要我们回想一下，人们对于诸多科技产品，如手机，是难以抗拒地由惊讶、怀疑、抵制，到试用、喜欢，再到上瘾，直到自我堕落其中而无法自拔。科学技术确实是现代文明发展的推动力，但是我们发现，所谓的文明程度越高，潜在的恐惧就会越深，自我越会容易迷失，自由越会逐渐消亡。当数据主义成为一种权力，成为一种习惯，自由自然就会终结，因为人是习惯的奴隶，人的自由会消失在习惯之中，"不习惯"只不过是"不自由"的代名词而已。

其实，卢梭早在《社会契约论》中便提醒过我们："人是生而自由的，却无往不在枷锁之中。"也就是说，你是自由的，但永远都会戴着社会给你的枷锁。或者说，人原来在自然状态下是自由的，但进入社会状态后自然的自由就无法保存下来。问题在于，尽管卢梭在《社会契约论》中也主张打碎枷锁来获得自由的权利，但并没有告诉我们如何去解除枷锁，而是想通过社会契约的途径让新枷锁合法化，通过约定自由去代替自然自由，进而过渡到什么样的政体才是合法的，以为只要有一个好的政府就可以实现自由。于是乎，思想家和政治家们大都沿着卢梭这个思路来思考和解决自由问题。为了自由，不断地创造枷锁，更换枷锁；为了新的枷锁，又不断地进行所谓科技创新与思想创新，大数据就是一把最新的枷锁。我不清楚，这把枷锁是否会被新的枷锁替代，但这把枷锁不但让人的有限自由受到了严重威胁，而且还可能会把人类逼上绝路，会让人类自由最终丧失，让人类追求自由的权利与想法彻底终结。

这并非危言耸听，《信息围城》作者在序言第一段话就写道："过去，人类的审判权，属于神明；现在，人类的审判权，属于君主或法律；未来，人类的审判权，属于云计算和大数据。"

大数据的广泛运用在不断实体化与隐形化的同时，也在日益商业化、政治化、军事化、日常生活化，如数据公司、数据中介商、数据大道、全球脑、数据民主、数据帝国、数基、数权、数纹、数联网、雾计算、天网等。它们在给人类生活提供快速、便捷、高效、个性化服务的同时，也给人类自由带来了深度危机，仅举几例。

如，数据独裁。现代社会主宰人类的主要有三样东西：资本、科技与公权力。知识分子自造的所谓"话语权"，其实也只是资本、科技与公权力的"木偶"，因为话语有没有权，完全取决于谁在说，以及这个"言说者"是否真正掌控了资本或科技或公权力。但现在又多了一种权力，就是数权，或者叫数据权。谁掌握了数据，谁就掌握了支配世界的权力。前面三种权力都在争夺数据权，或者已经勾连在一起。如果数据权一旦被垄断，我们个人的命运就完完全全掌握在别人手里了。我们以为自己是主人，结果却成了奴仆；我们以为自己很自由，结果你越自由越被牢牢控制。如剑桥公司，把 8700 万人的社交数据与美国市场上的 2.2 亿人的消费数据进行匹配、组合与串联，找出谁是谁，然后从性别、年龄、兴趣爱好、性格特点、职业专长、政治立场、观点倾向等 100 多个方面，给选民一一贴上标签，然后进行心理画像，建立心理档案，进行数据分析，总结出不同人群的希望点、恐惧点、共鸣点、兴奋点、煽情点，以及你的"心魔"所在。数据不仅仅是一种资本，它也正上升为一种权力，一种特权，一种霸权。人类自由面临的挑战已经不仅仅是制度体制与思想观念，更多来自数权。数据平权运动的兴起就证明了这一点。

又如，量化天下。过去人们都是以数字说话。数字其实是非常有限的，所以我们只能是通过数字来估算，也就是所谓的概率或几率。进入数据时代之后，一切都是精准、都是全部，没有概率。人的价值观、幸福感、偏好、态度都可以量化，甚至你的生命价值也可以量化。于是，就有了大数据读心术、数据攻心术。以后最好的职业就是大数据分析师了，算命先生们恐怕就没有生意了。当你的所思所想，都可以被他人知晓，你还有自由可言吗？其实奥巴马、特朗普、拜登的竞选都使用了大数据的"读心术"，也就是心理入侵。比如说"点赞"，完全可以通过你在朋友圈的点赞范围与点赞数量判断出你的人际关系圈以及亲密度。数据专家分析，一个人一年内如果给某个异性的点赞超过 300，其亲密度就超过了配偶。当然，这也未必精准，但从点赞的时间、速度、数量可以判断出"赞友"间是否"在乎"对方，同时还要排除怕露"心迹"而故意不点赞者。

还如，隐私侵犯。我们每天生活在"第三只眼"的监控下：亚马逊监视我们的购物习惯，谷歌监视我们的网页浏览习惯，而微博、微信似乎什么都知道，不仅可以"窃听"到我们心中的"TA"，还能"洞察"我们整个的社交关系网。你的一举一动，都会留下信息，这些信息通过大数据处理之后，就会给个人造成威胁，所以，才有了保护个人信息隐私的问题。其实这还好办，在提供个人信息时，可以签署个人隐私保护协议，但可怕的是数据的第二次、第三次及至多次利用，也就是说，不会告知你以后怎么用。在大数据时代，不管是告知与许可、模糊化还是匿名化，三大隐私保护模式都已经失效，隐私保护几乎不可能。那些善于匿名中伤者不要再心存侥幸，害人的痕迹一定会成为你一生的耻辱，全部"记录在案"。

再如，接受绝望。人类所有的希望都是建立在数字基础上的。如我的年收入想增加多少钱，我的学习成绩要提高多少分，我的减肥目标是降到多少公斤，等等。所谓希望，说白了，用数字思维来说，就是该多的就多，该少的就少。但是，数据思维与数字思维不同，数字思维着重因果关系，而数据思维着重相关关系；数字思维着重量的增加，而数据思维着重量的突变；数字思维着重样本，而数据思维着重总体。而人类社会发展的总体与未来是否可知、可预测，这是一道难题，与其拥抱希望，不如接受绝望，这是大数据把我们逼上的绝路。我们习惯了以数字为基准的绩效叠加，并据此不断自己给自己希望。其实，进入大数据时代之后，我们的希望数字仅仅是他人的有效数据而已，我们变成了"没有主人强迫却自愿被剥削的绝对的奴仆"。当人都接受绝望了，还会奢望自由吗？

其实，今天我们真的应该跳出权利论来思考自由问题了。德国新生代思想家韩炳哲在《精神政治学》中说过："自由将成为一段插曲。插曲意为片段。对自由的感知始于从一种生存方式向另一种生存方式的过渡，止于这种生存方式被证实为一种强迫模式。因此，随着自由而来的便是一种新的屈从。这就是主体的命运。"我们一直坚信自己是不屈从的主体，是可以向自然环境、社会制度与思想文化挑战的主体，并可从中获得自由。可人类追求自由的历史表明，所谓的自由变成了自我构设与自我强迫的重叠，自由进入了自相矛盾的境地。"自由本处在强迫的对立面，自由意味着摆脱强迫，而现在这种位于强迫反面的自由本身亦产生了强迫。"过去我们曾天真地认为，市场经济来了，应该有自由了；民主社会来了，我们有自由了；文化多元时代来了，我们的自由实现了。所以，人类至今为止，不断地在反对资本垄断、反对政治独裁、反对思想禁锢，结果实现的是资本的自由、专制者的自由、思想禁锢者的自由，而我们的自由呢？

我一直苦闷于，大凡科学技术取得什么新成果，新成果有什么新应用，新应用有什么好的经济效益，好的经济会带来什么好生活，上上下下总是一片欢呼，唯独不去思考，这些新科技会给人本身带来什么。人们对于大数据的产生及运用同样也是一片欢腾，恨不得什么都是大数据，数据经济、数据政府、数据学校、数据医疗、数据社区、数据家庭，不一而足。问题在于，这些大数据及实体化的背后，人本身怎么办？人的自由怎么办？也许有人认为，大数据时代更具开放性、透明性、多元性，人会有更多自由。但是，大数据可预测、可控制、可观测一切，甚至连人的精神世界都可以操纵，还有自由可言吗？"大数据是十分有效的精神政治工具，它可以全面地获得关于社会交际的动态。"只要我们人心甘情愿地认定自己是可量化的、可测量的、可分解的、可重组的、可操控的，那么我们人就是一种纯粹地任大数据摆布与宰制的"客观存在"。所以，"大数据宣告了人和自由意志的终结"。当然，还是回到了自由的原始"怪圈"，只有那些掌控大数据的人是自由的。这就是数据主义给人类带来自由的必然结果。

伤口在倦怠中愈合

我们身处什么样的社会或时代，真的很难用一两句话说明白：传统社会、现代社会、后现代社会；资本化社会、后物质主义社会、后工业社会；信息社会、网络社会、数字化社会、透明社会、人工智能社会；低欲望社会、风险社会、复杂性社会；全球化时代、逆全球化时代……因划分标准不同而五花八门，不一而足。每个人都只能根据自己所要表达的主题或论题，选择对社会现状或性质的描述，进而为自己的观点提供背景支撑。这给我们对时代的判断及时代精神的提炼带来了困难，甚至造成了混乱。这恐怕也是这个时代难以产生"大哲学"的重要原因之一。

近日读了德国新生代思想家韩炳哲的《倦怠社会》一书，感触良多。该书的论证虽非无懈可击，我甚至不完全认同其中的观点，但还是有思想火花迸发出来，有一种"换个角度看世界"的感觉，引发诸多思想共鸣。

何谓"倦怠社会"？"倦怠社会"即行为主体以谋求功绩（成功）为目的，幻想自己身处自由之中，实际上却如同被缚的普罗米修斯，自我指涉，自我剥削，被一种永无休止的倦怠感所攫住。普罗米修斯神话"就是倦怠社会的原初喻象"（参见《倦怠社会》第 1 页）。这种倦怠其实不是消极，而是一种停顿、休息、舒缓、适度的中止与后退，这样生命才能平衡，生活才能舒适。只有倦怠，才能治愈功绩社会中的所有创伤。

容易受伤的我们

现代人精神生活的基本状态是：很累，但无意义感；很沉，但空虚得发慌；很快，但感觉在原地踏步；很快乐，但心底在流泪；成功本身就意味着失败，获得本身就是失去……为什么我们总是容易受伤害？按照韩炳哲的说法，这是由于过量的自我"肯定性"所引发的"精神暴力"。韩炳哲认为，现代社会的所有精神疾病不是传染性疾病，而是一种梗阻病，不是免疫学意义上的他者"否定性"导致的，而是由一种过量的自我"肯定性"引发的。传统社会治理与精神治理基本上都是以免疫学诠释模型为基础，即都是建立在他者性与陌生性基础之上的，为了自我保护，总是在防范他者、同化陌生。于是，边界、通道、围栏、门槛、城墙构成了这个世界的地图，这与"全球化""地球村"是相悖的。由于习惯于对他者的否定，在文化价值观上就容易"知觉过敏",也与文化的"杂糅性"本质冲突。现代社会已经没有了明确的他者,而"他者的消失意味着,我们生活的时代缺乏否定性",或者失去了具体的否定对象,只剩下自我否定。同时,精神暴力不再来自否定性,而是来自过量的自我肯定性。"在一个匮乏的时代,我们专注于吸收与同化。而在过剩的时代,问题是如何排斥和拒绝。"我们受伤的原因是过量的肯定性精神暴力,自我剥削、自我虐待、自我残害,如人生目标过高、自我要求过严、欲望的不断叠加等。这里没有敌对的竞争关系,没有内外的区别,没有自我与他者的两极对立,就是跟自己过不去。正是这种坚强的内在性,导致了精神梗阻,这是一种内在的恐怖,任何免疫都难以奏效。这就不难理解,为什么这个时代大家都不同程度地存在心理疾病,因为我们都在自我伤害,至少对自己过于残忍与苛刻。

功绩社会的悲凉

为何会造成过量的自我肯定性,这是由功绩社会的性质决定的。韩炳哲认为,我们这个时代已经不再是福柯式的规训社会,而是功绩社会,我们不再是"驯化的主体",而是功绩主体,我们是自己的雇主。在福柯的思想中,规训社会是以否定性为特征的,常常是禁止性行为规则,再辅之以惩罚,在"决不允许"中让人知道什么是"应当"。而功绩社会人人都以"成功"为目标，社会整体以"效率最大化"为目的，整体性"成功自信"不断升级，逐渐摆脱了否定性。在功绩社会中，个体惯用的情态动词是"能够"，"只有想不到，没有办不到"，久而久之就会产生集体复合性肯定句"我们能够办到"，"我们的目标一定会实现"。这样，惩罚、禁令、法规，基本失去主导地位，取而代之的是自我设计、自发行动与内在动机。所以，韩炳哲讲："规训社会尚由否定性主导，它的否定性制造出疯人与罪犯。与之相反，功绩社会则产生抑郁患者与厌世者。"问题的严重性还在于，由规训社会向功绩社会的过渡是不可避免的。这种不可避免是社会发展的不可逆转和延续性决定的。当禁止性规训达到一定的极限时，即当我们根本不畏惧惩罚，甚至没有了羞耻心时，否定模式就会失效。但人性还有另外一面，即需要激励，规训模式必须由功绩模式或"能够"的肯定性模式来替代，特别是当社会集体无意识地由"应当"转向"能够"的时候，其治理效果明显提高。但是，我们万万没有想到的是，当我们"能够"主宰一切时，脆弱的生命个体已经变得无法"能够"了。当每个人有责任和义务去成就自我的时候，当凡事必须自我发动、自我负责的时候，往往就失去了对社会的批判能力和请求救助的能力，最终以普遍化的自我抑郁告终。我倒是认为，规训社会与功绩社会没有什么本质区别，只不过是追求成功的肯定性绩效命令取代了否定性的禁止命令，"能够"还是建立在"应当"的基础之上的，特别是在所谓"积极心理学"的片面鼓噪下，将迷失的自我变为清醒的自我，再由清醒的自我变为狂热的自我，直到最后伤痕累累，才发现人生原本就是一个"零"。

我们该如何存在

我很喜欢汪峰的《存在》这首歌，其歌词充满了对生命状态的反思与忧虑。"多少人走着，却困在原地 / 多少人活着，却如同死去 / 多少人爱着，却好似分离 / 多少人笑着，却满含泪滴 / 谁知道我们该去向何处，谁明白生命已变为何物 / 是否找个借口继续苟活，或是展翅高飞保持愤怒 / 我该如何存在……"这绝对不是文化相对主义和悲观主义，而恰恰是对生命本真性的揭示。对于现代人的存在危机与生存困境，尼采、叔本华、海德格尔、列维纳斯等思想家都向世人提出过警醒，但还是感觉我们正以一种积极的生活态度陷入深度无聊之中，没有方向感，没有意义感，佛系思维，个性弱化……这当然不是韩炳哲所认定的所谓"深度无聊"，因为深度无聊意味着达到了精神放松的终极状态。现代人只有回归纯粹单一的"沉思的生活"，才能找到自身存在的方位与意义。当然，其中"人们应当对人性作出必要的修正，在其中大量增加悠闲冥想的成分"。我们之所以对自身的存在感到困惑，感到无力，感到飘浮，是因为在过度积极的社会里，呈现在我们面前的是过量的刺激、信息与资讯，"它从根本上改变了注意力的结构与动作方式。感知因此变得分散、碎片化"。我们的碎片化生活一方面是因为外在多元性的泛滥,另一方面是人自身深度注意力的边缘化。"这种涣散的注意力体现为不断地在多个任务、信息来源和工作程序之间转换焦点。"我们因为忙而紧张,因为紧张而焦虑,因为焦虑而自伤。没有了放松、休息与闲适,就没有了倾听的机会与能力,也就没有了倾听的群体。人人自以为是,个个是真理的化身;人人与时间赛跑,个个用空间换时间。何来俯身倾听与闭目沉思?尼采认为,如果把一切悠闲、沉思从人类生活中去除,那么人类将终结于一种致命的超积极性之中。回归安详,回归宁静,回归闲适,才是我们的存在。

积极社会的倦怠

渴望回归是一回事,能不能回归则是另一回事。自现代社会以降,速度、效益、进步、积极、成功、获胜等都是趋热价值。在一个积极的社会里,倦怠可能会被视为消极、被动,甚至错误的负面价值。但倦怠是治疗积极社会病的良药,因为积极是自由的反相,"一旦积极性加剧为过度活跃,它将转变为一种过度消极,在这种状态下,人类将毫无防御地回应一切冲动和刺激。由此导致了新的束缚,而非自由。如果一个人信奉越积极越自由,那么这只是他的幻想与错觉"。在积极社会里如果没有倦怠,人类所有的活动都是过度活跃与超级发泄,无法过渡或转化为他物(他者)。只有有了否定性的停顿,只有借助中断的否定性,行动主体才能衡量全部可能性,才有时间观察到偶然性，才有精力分析不确定性，而纯粹的积极性则是无法实现的。"如果人类是一种否定性生物，那么世界的全面积极化将导致危险的后果"，因为黑格尔就认为，只有否定性才能为存在赋予活力。所以，在积极的社会里，我们要学会一种否定性的思维，练就一种消极性的能力。韩炳哲认为，人的能力有两种：积极的能力与消极的能力。前者强调去做某事，后者强调不做某事。消极的能力就是我们说"不"的能力、拒绝的能力、放弃的能力、逃避的能力。它不是无能，而是有能力不做某事。如果一个人只有积极的能力而缺少消极的能力，那么感官只有无助地面对那些不由自主的、压迫性的、蜂拥而至的刺激而无法自拔。中国道家倡导的"无为"，其道理也深藏于此。学会放下、学会拒绝、学会留白、学会清闲，以倦怠的方式治愈受伤的自我，这就是"根本性倦怠"。只有根本性倦怠，才能激发灵感，产生灵性，照见灵魂。

　　我累了，你累了，我们都累了；人类也累了，世界也累了，恐怕连上帝也累了。停歇吧，倦怠吧，哪怕一会儿，这丝毫不影响人类的希望之光在遥远的天际闪耀！

"圈内""内卷"与"内倦"

　　网络化时代容易产生"热词","内卷"就是其中之一。一方面,内卷相对客观地反映了当代国人的生存状况或心理感受,尽管人人都有发言权,但人人都只能顾及一面,难以说全,难以说到位、说透彻,于是出现了关于"内卷"的"内卷",即在"内卷"的言说中看"内卷";另一方面,网络化时代的自媒体阅读基本上是一种情绪化阅读,甚至谈不上"跟着感觉走",而是"被感觉赶着走",因为"跟着感觉走"多少还有点主体意识可言,而"被感觉赶着走",纯粹就是"跟风"而已。事实上,我们每天都在自媒体的"轰炸"下,被一阵阵的"网络风"所绑架,我们一步步走向无须思考、不想思考、丧失思考能力的"自霉体"。这就是韩炳哲所说的"信息倦怠",即不加过滤的过量信息,使人失去感知而导致的心灵麻木。思考"内卷"问题要避免这种状况。

"圈"是社会生活的基本呈现

人类生活的基本状态就是群体生息、进化与安顿，即我们常说的社会性存在，社会性的标志之一就是社会分工。良秩社会的美好预期是"人人有事做"和"事事有人做"。"人人有事做"意味着可以充分就业，劳动权得到充分保障，养家糊口不再成为问题；"事事有人做"则意味着职业面前人人平等，职业无贵贱之分，每个人都可以在自己的岗位上为社会尽责，都可以平等地受到社会的认可与尊重。社会分工的具体化就意味着不同行业的出现，过去有"七十二行""三百六十行"的说法。目前，按国民经济行业分类，已经有 20 个门类，98 个大类，行业已经远远超过三百六十行。你只要进入一个行业就是进了一个"圈"（行业共同体），只要在行业圈内，资源不足、机会少、有竞争，就是常态。除了社会分工，社会还有阶层分化，即一些社会地位相近的从业者，形成特定的具有相同属性的社会阶层，如果居于中高端，就会产生所谓的"圈层"。由于社会资源总量有限，也可能会因血缘、亲缘、业缘、地缘等因素，人为地形成"小圈子"，达到优先占有某些资源的目的。人人都活在"圈"里，无论是自然形成的"圈"，还是社会分化形成的"圈"，抑或人为形成的"圈"。"圈"为人设，人在"圈"卷，不能不卷，毫不奇怪。

生活"圈"的本质就是"内卷"

汉字是很有意思的，"圈"从直观上就是"内卷"（尽管《说文解字》解释为"养畜之闲也"）。"圈"首先是社会生活的一种边界，一种限制，即每个人都在自己约定的范围内生活，不可逾越，能"出圈"者不多。"圈"有时也是一种社会规则，甚至是只有所谓"圈内人"知晓的规则，入了这个"圈"，就得懂圈内的规矩。"圈"有时也是一种保护、一种依赖、一种归属，甚至是一种特权，如娱乐圈、学术圈等等。既然我们都逃脱不了被"圈"的命运，必须通过努力入"圈"来实现自我，就只能在圈内卷——尽管每个人都"心比天高"。在圈内有三个现实必须面对：一是机会总是少于希望，人人都成功，绝对不可能，就像不可能每个孩子都能考上北大、清华；二是资源总是少于机会，即便是机会来了，资源也总是有限的，不可能每个人都能抓得住机会；三是竞争不可避免，"圈生活"不可能是"闲"生活，这种竞争有时就是零和博弈，没有双赢或多赢，就是这么残酷，如官场上的"位子"之争。所以，"内卷"是生活的常态，不宜过分担忧、过度焦虑。特别要有思想准备的是，随着社会生活同质化程度越来越高，生活"圈"会变得日益模糊，甚至越来越少。在"大圈"的"大循环"下，无方向甚至无"他者"的"内卷"会越来越厉害，会自我消耗、自我剥夺，直至社会整体性倦怠。

"内卷"的人过多就会"内倦"

健康、科学的"内卷"并不可怕，怕就怕在特定的"圈内"参与"内卷"的人过多，就会形成"内倦"。"倦"从字形上就是人在"卷"，《说文解字》解释为"倦，罢也"，意为停、歇，古文同"疲""累"。"内倦"就是一种像"玻璃上的苍蝇，前途一片光明，就是找不到出路"的疲倦状态。在特定的生活"圈"里，特定的人在"内卷"，总还是能找到出路的，只是时间问题。问题在于人是趋利动物，什么圈子有利可图、有大利可图，就往什么圈子里挤，挤的人多了，自然就"倦"。在中国经济飞速发展的这些年，因产业上的"一窝蜂"导致企业倒闭、产业消失的例子并不少见。目前，我们为了发展经济，提出以内循环为主体、国内国际双循环相互促进的思路，而内循环无非要全面拉动消费，提高消费能力，这就需要增加人口。这在短期内是有效的。但问题在于，如果不向外拓展市场，不开发新资源，最终就会因"内卷"而"内倦"。更令人担忧的是，仅仅是自然人参与"内卷"还好说，如果智能人参与"内卷"，其后果就无法想象了。目前，智能人跟自然人"抢饭碗"的趋势十分明显，机器替代人的危机随时会到来。我一直对人工智能的开发利用持批判态度，因为科学技术追求的是"与时间赛跑"，在"加速"社会发展的同时也加速了社会的"内卷"与"内倦"。而恰恰是"反自然法则"的加速，使时间毫无方向地盲目飞行，并分裂成一系列点状的、原子的"当下","清空了生活全部的叙事性"（韩炳哲语），看不到本真、找不到出路，只能"内卷"不止而"倦怠"。

"躺平"是暂缓"内倦"的方法

为避免"内卷"造成的"内倦"，"躺平"不失为一种有效的方法。"躺平"是用自己的方式消解外在环境对个体自我的规训，以超越现代近乎病态性的功绩社会。"躺平"不是消极、不是放弃，而是一种必要的妥协，其实质是"向下突破天花板"，用最"无所作为"的方式来反抗社会规则的裹挟，表现的是当代社会最难能可贵的否定性。当否定性社会让位于肯定性社会的时候，社会生活的同质化就会成为必然。同质化不但使社会丧失了差别、丧失了批评、丧失了他者，只有铺天盖地的点赞、转发，同时也给社会生活带来了恐怖。诚如韩炳哲所言："人们踏遍千山，却未总结任何经验。人们纵览万物，却未形成任何洞见。人们堆积信息和数据，却未获得任何知识。人们渴望冒险、渴望兴奋，而在这冒险与兴奋之中，人们自己却一成不变。人们积累着朋友和粉丝，却连一个他者都未曾遭遇。"这就是肯定性社会的后果。相反，只有否定性才能滋养精神的生命，正如黑格尔所说，精神直面否定性，并在那里栖居，才能有力量。没有否定，就没有区分；没有区分，就没有差别；没有差别，就没有活力。"躺平"就是这个时代的一种否定性精神力量，通过"躺平"的方式反向凸显进取的意义。时下，经济增长换挡降速和产业结构深度调整，行业发展空间受限，竞争更加激烈，最终都反映到个人层面的工作和生活上的"内卷"上。"躺平"既是缓和、休整，也是为他者"让路"。另外，当人们"富起来"之后，他们就有权选择慢生活，按下"暂停键"，安逸度日。尽管"躺得了初一，躺不过十五"，但能躺几天算几天，能躺几个算几个，总比没有人"躺平"好。

寻求平等舒坦的"多圈化"生活

当然，"躺平"只是解决"内卷"的办法之一，并且也是一种万不得已的消极方法，或者叫"没有办法的办法"，我们必须在"圈子"的改造上下功夫，寻求平等舒坦的"多圈化"生活。如果圈小而内卷，可以拆分圈子，并使圈子与圈子得到平等对待。如，最近实施的从初中开始对职业技术教育与普通高等教育分流，就是解决教育内卷的一个办法。当然，这一改革是否成功，一方面取决于家长们是否能转变对子女成才、成功的狭隘观念，另一方面取决于能否真正建立起一整套有利于职业技术教育的体制机制，真正实现"两个教育"地位的平等化、效应的等值化，如适应于职业技术教育的本、硕、博专业学位体系，职教学生对口就业、优先就业、高薪就业制度，中央、地方、企业（单位）三位一体的财政保障制度，等等。我们可以使"圈子"扩容，从而减少内卷，如大力发展实体经济、增加就业岗位；在大学里职称实施评聘结合、待遇平等、增加高级职称岗位，等等。我们还可以创建一些新"圈子"，容纳别的圈内人，如发展新产业、新行业、新职业，形成流动快、多技能、多出口的就业机制，等等。其实，问题的关键还是要确保社会不同阶层、职业、行业、区域之间分配收入的相对均等化；确保每个人无论从事什么、在哪里工作，都能实现自我价值，都能受到社会的尊重，都能获得大体相同的收入，都能有获得感和幸福感。我们现在的问题是许多事情没人做与许多人没事做同时存在，大家甘愿"内卷"与"内倦"，也不"出圈"，社会结构逐步扭曲，社会治理与改革要从这里入手。我们期待平等、舒坦的"多圈化"生活时代早日到来。

学会观看

坦率而言，我已经开始有点讨厌微信了，感觉完全被它控制，无法自拔，甚至有些恐慌。有一次，朋友在一起开玩笑，都恨不得把微信创始人张小龙千刀万剐，甚至有人倡议做"拒绝微信"的实验。我对抖音、短视频、直播等传播方式基本上是拒绝的，很少关注。我注意到，身边的人经常看短视频看得傻笑。我问他们："好看吗？"他们说："好看。"我说："为什么好看？"他们说："直观、生动、具体，丰富，不用思考，不用过脑子，不累呀。"这可能就是短视频的长处与优势，也因此吸引了许多人。

只是让人无法理解的是，现在许多单位（官媒）和个人都使用短视频来做宣传。这是在迎合受众，还是在塑造新的受众？人们现在已经开始讨厌文字，不想用文字了，就用语音、短视频来代替，还有许多人甚至以直播谋生。值得警惕的是，这些东西（包括电子游戏）已经成为我们生活中的"精神鸦片"，许多青少年沉迷其中无法自拔。久而久之，我们一定会对文字逐渐失去知觉，对思考失去冲动与耐心，思想也会随之萎缩。我们将可能进入一个"思想代理"的时代，甚至是"思想荒芜"的时代。

我个人的观点是，对于电子产品，不能无条件地就范、迎合、追随，甚至沉迷。即使是采用青少年模式或其他技术手段，也无法从根本上解决人被技术化的问题，如果不加以限制和节制，我们很有可能成为电子产品的奴隶，丧失思想自由，丧失独立思考的能力，丧失"独善其身"的追求。因为技术的发展和技术市场的发达都利用了人性的弱点甚至丑恶，如懒惰、自私、贪婪、好逸恶劳、贪生怕死等，都是与人的节制、自律、勤奋、耐劳、勇敢、智慧、慎思、慷慨、审慎等美德相悖的。智能产品和电子产品不但会使人丧失正常的生理机能，更是在不断销蚀人的这些基本美德。我无法理解我们的生活为什么一定要这么快速、便捷、刺激和劲爆。我们完全可以拒绝、远离这些电子产品，即使拒绝不了，也要学会观看。我们不需要任何人以任何形式来进行"思想代理"，我们要给自己自由思想的时间与空间。我们要用自己的头脑来思考，我们要做自己思想的主人。

尼采在《偶像的黄昏》一书中认为，人有三种任务，即学会观看、学会思考，学会说话与书写，学习的任务就是要形成高雅文化，而不是满足于简单的、肤浅的感觉刺激。学会观看意味着，"使眼睛适应于宁静、耐性，使自己接近自身"，也就是使我们的眼睛拥有沉思的专注力以及持久、从容的目光。这是"获得教养的第一项预备训练"，这就要求我们应当学会"受到刺激不要立即作出反应，而是能够拥有阻止、隔绝的本能"。尼采甚至认为，所有的无教养、所有的卑贱，都是由于不能抵抗一种刺激。学会观看的最大益处在于，作为学习者，人们通常会变得缓慢、猜疑和抗拒。人们如果对任何刺激都感兴趣、都有反应、都有冲动，这必然就是一种病态了，是文化、精神衰退和枯竭的征兆。

韩炳哲在《倦怠社会》一书中也提出了"观看的教育"问题。他认为，如果我们没有能力抵挡刺激，无法拒绝刺激反应，这就已经是一种精神疾病、一种精神倒退了，也是一种精神疲劳和精神衰竭的征兆。所以，他认为，我们这个时代急需一种以否定性为核心的沉思生活。"这不是一种被动的自我敞开，不是接受任何出现或发生的事物，而是抵抗那些蜂拥而至的、不由自主的冲动刺激"，通过沉思生活来控制好人们对外界刺激的过度积极。"一旦积极性加剧为过度活跃，它将转变为一种过度消极，在这种状态下，人类将毫无防御地回应一切冲动和刺激。"现在问题的严重性在于，媒体人、传播者和运营商为了传播效应、为了点击量、为了流量，拼命地在加大对受众的刺激，恨不得每条信息、每张图片、每段视频都能引起社会的"整体性疯狂"。所以，在信息刺激无所不在、无所不包的生存环境中，如果没有拒绝的能力、没有隔绝的本能，

"那么人类的生存便成为一种烦躁不安、过度活跃的反应和发泄活动"。

面对无孔不入的信息刺激，我们这个时代急需健康的生活态度，即否定性的中断，理性的犹豫，经常性的停顿、间隔与休息。我们每个人，特别是青少年，都需要"学会观看"。面对外部信息刺激，我们于观看应有的基本态度是："不全看""不全信""不全用""不全存"。

"不全看"就是要有选择能力，开启青少年模式是一种"过滤"，但还是无法保证那些信息都是健康的。即便短视频可以做到健康，还有抖音、微信、网站呢。应尽量让学生没有过多接触网络的时间与空间，或者使学生自觉远离手机与网络，这才是正道。同时，网络也要自我节制，不要把网络化当必然，即使是趋势，也可能趋向自我消亡。我们要提高摆脱网络控制的本领，倡导远离网络，重拾回归真实、回归本原、回归自然，其至回归原始的生活态度。

"不全信"就是在抵抗不住的情况下，不要过多相信网络上的东西，网络上假的东西太多，假新闻、假信息、PS乱象、假唱、假演讲、假直播等比比皆是。面对众多信息，一定要理性判断、分辨真假，不要过分相信。这就需要青少年提高理性判断能力，增强否定能力，凡事要"过脑子"，认真思考，不要见风就是雨，风雨就是雷，还是要回到纸质中来，回到书本中来，回到缓慢阅读中来，远离手机、远离网络。

"不全用"就是哪怕是真的信息也不要经常将其运用到工

作、生活中来，特别是不要运用到学习、研究中来。现在许多人都有网络依赖，如百度等网络检索依赖。许多知识信息感觉是真的，但实质上并不准确和精确。视频资料更不能多用。如果我们丧失了这种过滤性、否定性，思想就会转化为一种计算。而电脑的计算能力是远远强于人脑的，电脑缺少任何形式的他者性，完全是封闭式的自我指涉。如果过分依赖网络、依赖视频，人类就会变为白痴。

"不全存"就是不要过多保存、记忆网络资料，特别是视频资料，应"哈哈"一笑就完事。短视频本身就是寻求短暂刺激，没有恒久的价值，不能成天沉浸在短视频中。特别是不要把这些稍纵即逝的垃圾残留在心灵中，那会形成巨大的精神堵塞。即使已经残留，也要经常清空，保持好内心的纯粹与虚空，类似于一种禅修状态。

我所说的"四不"原则，是想在网络化时代倡导一种否定性、抗拒性思维。正如黑格尔所认为的，只有否定性才能赋予存在以活力。特别是青少年，不应过分顺应、适应、依赖网络，不要沉迷于短视频，应学会否定、学会拒绝、学会隔离、学会孤独，这也许就是学会观看的全部真谛。

今天的太阳晒不干明天的衣服

最近的日子过得有些慵懒，随意阅读或者追剧，打发时光，心情会稍微舒缓一点。前些日子看完电视剧《人世间》，感觉像是回到 40 年前重新活了一次，许多事物似曾相识，又活生生地呈现了，甚至传导出某些只可意会的信息与情愫，勾勒出人伦世界的青红皂白。这种跨越代际的作品认同，本质上是一种人性的通感反映，一定是触及了只要是人就能存活的某种"痛点"和"泪点"。这就是文学的独特魅力，无法替代。

最近，浮石的《青瓷》《红袖》又要重印了。为之高兴之余，也有些纳闷：《青瓷》从 2006 年初版以来，已经重印了 46 次，发行量已经达 96 万余册了，还被改编成电视剧、话剧和广播剧，并先后被译成韩文、越南文等语种，还会有人看吗？出版商是看中了某种商机，还是社会心态普遍希望"回到二十世纪八九十年代"使然？一个时代经历某种"磨难"之后，一定会有"文学热"，因为文学既是伤痛的抚慰剂，也是未来新启蒙的先行者。

我和浮石（本名胡刚）是湘潭大学七九级的同学，学的是哲学专业。那时，我们对选择专业没有什么讲究，只要能上大学、解决城市户口、吃上"国家粮"就行。坦率地说，我和浮石大学四年在专业上没有下什么功夫，只图"60分万岁"。我们那时把时间和精力都花在自由阅读上，花在当"文学青年"上了。在黄辙（本名黄新华）的主持下，浮石、我、刘忠四个人办起了诗刊，汇集了校内外一批诗歌爱好者。直到大四我们才想起该如何毕业这件事。大学毕业若干年后，我总结出三条"专业规律"：一是为了毕业在专业上花50%的时间即可（其他时间当然要用来阅读非专业书）；二是学什么专业与将来做什么没有什么必然联系（如浮石）；三是本科专业学分靠前的学生不一定就是将来在专业领域做得最好的（我至今都不太喜欢带保送的研究生）。特别有意思的是，那个时代的大学生大多有文学情结，不管学什么专业，都喜欢阅读文学作品，或者写点诗歌、散文之类的。现在大学生的专业思想牢固得有点可怕，有的甚至在中学就明确了将来学什么。专业精细化与就业导向的大学教育，可能磨灭了人的许多兴趣，也不知毁了多少"天才"。

浮石是一个绝顶聪明但不太安分的人。大学毕业留校到机关工作后，他始终坚持文学创作，出版了几部短篇小说。后来，他耐不住清贫，下海经商，其间大起大落，几经坎坷。如今，他已是著名作家、影视编剧、企业家了，还兼顾书画创作，他的右手画、左手字，堪称书画界一绝。为了结交各种朋友，汇聚文气、人气和财气，他还开了一个小餐馆，自创了一种"浮石酒"。他原来自诩"不喝酒，不抽烟，只'好色'"，但近些年他的酒量渐长，偶尔喝醉，毕竟不年轻了，是不是想通过酒精来壮胆，就不知道了。

当然，浮石还是把主要精力放在文学创作上，计划完成《青瓷》《红袖》《皂香》《白绫》四部曲。他很坦诚，之所以取名"青红皂白"，也是缘于"好色"——喜欢画画的他，对颜色自然敏感。他一直纠结于白绫的凄风苦雨和灵魂在白与黑边界的挣扎。《青瓷》《红袖》《皂香》已经出版，其中《青瓷》影响力最大，堪称官场小说的经典之作，是官商关系、男女关系的现实版"教科书"。《红袖》与《青瓷》是姊妹篇，都与他从事过的拍卖业有关，只不过前者的主人公是女性，后者为男性。《皂香》是纯粹写男女关系的。浮石为自己破译了男人女人内心的真实密码而十分得意，但由于某些描写过于细腻、过于直白，常常让人（尤其是女性）觉得"看不下去"。当然，一本小说被评价为"看不下去"，往往有两种可能，一是太"烂"，二是太"黄"，《皂香》当然是后者，特别是出自女性的评价。《白绫》也对男女关系进行了新的破解，估计也是悲剧性的。但至今没听他提起，估计是没有写完。朋友们时常鼓励加催促，他总是以没有"生活体验"为借口。当然，谁也不会相信他的鬼话，他从来不缺"生活体验"，可能是在苦苦思考，如何突破原来的思维定式，把男女关系写出新意来，进而呈现一种新的文学理念。

浮石的作品之所以能获得读者的喜爱，主要是抓住了两个主题：官商关系与男女关系，并进行了一种"国人化"深挖与提炼，他总称为"中国式关系"。"中国式关系"应该是中国当代文学的主题之一，《人民的名义》《国画》等作品同样是因揭示"中国式关系"而获得好评。就是《人世间》，也是基于亲情对"中国式关系"的多层面解读。"关系学"尽管在中国社会可以说是"国粹"层面的东西，但毕竟不是"正道"，何况会随时代的变迁而转换"花样"，如果捕捉不到位，对文学作品来讲是致命的。记得浮石在创作《青瓷》时，为了使作品"接地气"，为了使生活真实化，经常打电话向我"勒索"段子。二十世纪八九十年代流行的"段子"，一方面反映了当时的真实生活，另一方面也是言论相对自由的充分体现，有朋友甚至说它的文学价值不亚于唐诗宋词。浮石之所以自信于"中国式关系"的创作，是因为这些关系的内容与形式无论怎么变，其"底层逻辑"是不会变的，这大概就是"有所图"的逻辑。人永远是"有所图"的高级动物，这绝不是对人的道德贬低，而是对人的真实性的抬举。

浮石小说创作的最大底气也许并不来自他丰富的人生经历，而是他的哲学思维，这也是他的"得意"之处。特别是在知识共享的互联网时代，专业的学习不是掌握了多少知识，而是严格的专业思维训练。哲学思维就是一种理性的批判思维，对生命及生活共同体的体验与认知时刻保持着一种清醒与冷静。浮石的作品中充满了哲学的智慧，许多处理各种关系的精彩片段和经典名言已经出现在短视频平台上，有心的朋友一定印象深刻。我记得著名作家残雪说过，"最好的文学一定要有哲学的境界"，但要在浮石的作品中发现这种境界，也是需要有哲学素养的。当然，这同时也预示着，浮石的创作还存在巨大的空间，即便还是囿于"中国式关系"，还是沉迷于官商与男女，也应该有更多的哲学思想来填充与提升，特别是生命哲学、心灵哲学、政治哲学、女性哲学、现象学等。有了新境界，作品自然诱人。期待《白绫》有新突破、新境界。

浮石的写作风格有点像"蛋炒酸菜饭"：有味，油而不腻。有味与他风趣幽默的性格相关。浮石平时话不多，朋友相聚时总是很安静地当听众。若冷不丁冒出一句，那一定是经典"名言"。他经常是凭一句"名言"就能俘获身边的美女，不服不行呀。浮石文字的油而不腻与他的"老道"有关。浮石的文字看上去有些随意，有些口语化，甚至过度女性化、娘娘腔，没有刻意精雕细琢，鲜有成语与典故，甚至缺少庄正感，感觉"油里油气"的。但"正因为随意，才会自然。正因为女性化，才显得飘逸。正因为口语化，才会显得轻松"（著名作家黄晓阳评价语）。阅读浮石"油化"了的文字，不但不会感到"腻"，反而会产生"饥饿感"，甚至还会感受到某种力量。这种力量应该就是道家哲学智慧中的"以静制动""以柔克刚""无为而无不为"。浮石依凭这种文字的"定力"，自由潇洒地应对着多变的社会景状和不断位移的现实生活，控制着自我迭代的无限扩张，渐次把握着人的真实性。这就是浮石文字的力感。

尽管我也秉承着"生命在于折腾"的生活原则，也做过文学梦，但至今也只是在专业的狭隘空间里小打小闹。我们这一代人，亲历了中国改革开放以来翻天覆地的变化，时常也会对不同时期的人心与民风进行比较，经常产生文学冲动，总想把自己对社会、生命、人生的性智觉悟，通过文字表达出来。先秦诸子的雄辩，魏晋名士的飘逸，盛唐诗家的浑涵，两宋词人的旖旎，都是我们向往的境界。为了生计，我们也许会"随波逐流"于"中国式关系"，但内心的是非曲直不会变，青红皂白还是分得清，真善美的生态还是会坚守。尽管我们摆脱不了凡事存疑的专业毛病，但对未来世界的美好充满期待。特别是当真诚与热望被善变与薄凉浸透之后，我们还会苦心孤诣地向前看。因为今天的太阳，永远也晒不干明天的衣服。

后　记

　　这是我第一本非专业也非严格意义上的文学作品。说是"非专业"，是因为我毕生以哲学伦理学教学与研究为业；说"非严格"，是因为这些文字的表达形式有点不伦不类，散文不"散"、随笔不"随"、杂文不"杂"，但有一点是可以肯定的，这些无章无法的文字都是真情实感的表露，其背后都是对人生路上的曾经、当下时势的反思和未来世道的迷忧。

　　步入中老年，自然会滋生出许多"毛病"。除了身体容易出问题，心理也变得繁杂甚至怪异起来，特别喜欢回忆过去、总结人生、留点记录、了却心事。于我而言，专业上的"总结"早已经着手了，只是文学梦没有实现，也算是一个心结。于是这几年我断断续续写了一些文字，"公示"在自己的公众号"三思斋·道德观察"上，赢得了一些读者。其中的"铁粉"鼓励我结集出版，于是才有了这本小册子。

　　这些文字大体可以归为三类：一部分主要是对父亲的怀念和对大学生活的回忆。父亲离开我们太早，作为他的儿子必须为他老人家写些文字留给后人，以便追忆和追孝。二是对外部世界的感知，特别是对四季时序变化的体悟。我在学术上是一个伦理自然主义者，强调自然法则对人伦世界的作用，认同时序对心序的影响。三是对时势的一些慎思。活在当下，作为文人不能总是装聋作哑，还是要表达一些自己的想法。虽然有些文章中讲的问题因为"过敏"而此次未被收入，但这样也好，为自己后续的写作留下了起点和出版的期待。

这本小册子得以出版，特别要感谢海南出版社北京分社的彭明哲社长。彭先生是出版大家、名家，拙作能被他认可，实属三生有幸。责任编辑闫妮女士的认真负责与精益求精令我感动，没有她的辛劳付出，我那写作马虎的毛病一定会暴露无遗。特别要感谢著名的中国古诗词研究专家、中南大学的杨雨教授和著名作家浮石先生为拙著作序。杨雨教授是文化名人，也是中国传统文化传播的大忙人，能请她作序，虽有借誉之嫌，但我是真心高兴与感激。浮石先生是我的大学同学，也是年轻时追求文学梦的"梦友"。如今，他已经是大作家了，帮我圆梦，实为道义之举。至于他在序言中的那些褒贬相间的说辞，大家暂且当他在写小说吧，但敢如此暴露隐私，也只有真兄弟之间才会存在。有了两位文学名家的序，我感觉安全自在了许多，因为大多数读者会把目光盯在序上，至于后面的东西也就可看可不看了。我想，这也许是每个想请名人写序的人的基本心态，我也不例外。还要特别感谢江梓豪和陈佳伟两位弟子，他们为帮我打理公众号付出了许多宝贵的时间和精力。

尽管在这些文字中，感悟和思想还是有些保留的，但本来的人格应该是毫无矫饰地展现了。我对于往事、当下及未来的认知，尽管存在于莞尔与凝重、欢悦与沉郁之间，但还是无数次地自我感动与启悟了，至于能否感动他者，只能在人心、人性的无法相通中悬置了。

深秋时节，文债毕集，呵乎补记，言不尽意，意不尽人，敬请谅之。

李建华
壬寅仲秋于三思居